版權所有 翻印必究

圖書在版編目（CIP）數據

解毒《紅樓夢》的禪文化（繁體插畫版）/悟澹著. —廣州：中山大學出版社，2016.10
ISBN 978-7-306-05862-1

Ⅰ. ①解… Ⅱ. ①悟… Ⅲ. ①《紅樓夢》—關係—禪宗—研究 Ⅳ. ①I207.411 ②B946.5

中國版本圖書館 CIP 數據核字（2016）第 235798 號

JieDu HongLouMeng De ChanWenHua

出 版 人：	徐　勁
策劃編輯：	曾育林
責任編輯：	曾育林
封面設計：	林綿華
責任校對：	高　洵
責任技編：	何雅濤
出版發行：	中山大學出版社
電　　話：	編輯部 020-84111996，84113349，84110779
	發行部 020-84111998，84111981，84111160
地　　址：	廣州市新港西路 135 號
郵　　編：	510275　傳　真：020-84036565
網　　址：	http://www.zsup.com.cn　E-mail:zdcbs@mail.sysu.edu.cn
印 刷 者：	佛山市浩文彩色印刷有限公司
規　　格：	880mm×1230mm　1/32　8.75 印張　300 千字
版次印次：	2016 年 10 月第 1 版　2016 年 10 月第 1 次印刷
定　　價：	55.00 元

如發現本書因印裝質量影響閱讀，請與出版社發行部聯繫調換

解毒《紅樓夢》的禪文化
（繁體插畫版）

悟澹/著

紅樓一夢，醒來是一生的修行
以慈悲之心，解毒衆生貪嗔痴之苦

中山大學出版社

推薦序

余少群：紅樓解毒，再無遺毒可言

　　也許是從小學習傳統文化的緣故，我對《紅樓夢》有著不一樣的情結，以至於第一次在舞臺下看了越劇版的《紅樓夢》之後，便毅然決定離開家鄉武漢，放下學習多年的漢劇，只身來到上海，從頭開始學習越劇。很多人對我當時的舉動不解，包括我的老師和家人。其實我心裏清楚，只爲了我心裏的那個"紅樓夢"。

可遺憾的是，到目前爲止，在我的演藝生涯之中，仍未實現我在舞臺上的"紅樓夢"，未能遂了我演寶玉的願，自此便作下了"病"。凡是有關《紅樓夢》的言論和文章，我必定要看個究竟。遇到了意見不一的紅樓迷，必定咬文嚼字去辯駁一番。所以當《解毒〈紅樓夢〉的禪文化》這本書出現在我面前時，我是一定不會放過的。

此前我看過對《紅樓夢》進行解讀的文章，可是"解毒"二字的確吸引了我。於是，我帶著批判的眼光和好奇的心理"百度"了一下作者——悟澹，出家人、作家、佛教雜誌副主編……關於作者的信息出現了一大串，這些越發激起了我對《解毒〈紅樓夢〉的禪文化》這本書的好奇之心。更巧的是他竟然也是湖北人，我們是同鄉。

一次我到寺院拜訪一位朋友，竟然偶遇了悟澹法師。要說世上的事都是因緣會聚，一壺清茶，三兩好友對坐，言語談話之間悟澹法師謙和有禮，睿智健談，有著與他年齡不相符的智慧和談吐，眼神清澈如一汪潭水，永遠有著孩子般的笑容，仿佛融化了世間所有的煩惱，跟他聊天我更願意傾聽。

關於《解毒〈紅樓夢〉的禪文化》這本書，我也通過跟悟澹法師的交流，有了更多的體會和理解。書中提到曹雪芹先生在《紅樓夢》裏描寫了三十多處夢境，悟澹法師也引用了《毗婆沙》中記載的關於夢的五種解釋，對《紅樓夢》裏的人或事進行了獨到的分析，無異於一場智慧的開示！在《紅樓夢》裏，曹公不惜筆墨來描寫諸多夢境，實際上是想通過夢境來點醒世人，正如藏傳佛教噶舉派活佛噶瑪巴寫過的一首詩，"真的不忍心告訴你，這世界只是一場夢"。不禁讓人感嘆人生在世費盡心機，顛倒夢想，以夢爲真，却也躲不過生死輪迴一場夢。

我曾問過悟澹法師，"解毒紅樓"的初衷是什麼？法師說人這一輩子，遇到情仇愛恨、愛離別、怨憎會等都不重要，重要的是遇到理解。之所以叫"毒"，是因爲我們都是一些病態之人，爲何還笑別人的"不健康"，每個人背後都有不爲人知的故事，這故事是不願意與別人分享的，所以我的想法是不去挖掘，只爲理解。

"讀罷楞嚴香未冷，又移清夢到禪樓"，這是我非常喜歡的一句話。相比之下，或許《紅樓夢》中的開示，能把我紅塵一夢移到禪樓，隨風化爲那一抹清香，縈繞在花魂之中。

回憶到這裏，我更想找一間客棧或者心靈的茶館，讓悟澹法師慢慢講解紅樓一夢。看了此書對《紅樓夢》的解毒，再無遺毒可言！

寄語讀者

一場遊戲一場夢

也不知道在哪裏得知今天是立秋的消息，忽然覺得這光影過得如此之快，仿佛是在不經意之間。前幾天還在奇怪寮房外為什麼會有一股莫名的花香，今日細細看來，原來是蕉葉下的小桂花樹開花了。在整理《紅樓夢》的書籍之時，我隱約中還能感受到空氣中的涼爽。

依稀記得，也就是在去年的這個時間，我只身來到這座嶺南城市——羊城，成了這座城市一個微不起眼的來客。嶺南是佛教文化發展的聖地，轉眼間，我已在晨鐘暮鼓中度過了一年。

我把自己定義為一個行者，在人生行走的過程中，看遍一切浮華，然後在且行且珍惜的旅程中聞思善知識。在這段旅行中，一次偶然的機會我邂逅了一家書店，在萬卷書籍中，"紅樓夢"三個字出現在我的眼前。從此，我便開始了再次閱讀《紅樓夢》的旅程。

我相信，關於解讀《紅樓夢》的書籍數不勝數。但是當我再次閱讀《紅樓夢》的時候，我已經不再是以前的我。《紅樓夢》這本書，美得可以讓我流淚，現在如此，我相信將來亦是如此。

"應無所住，而生其心"，這是《金剛經》給我最震撼的文字。有不少讀者會給我寫信，問我："爲什麼看到你解讀的《紅樓夢》，盡是'慈悲'二字？"我淡然地笑了。一次，看到鳳凰網一位讀者五千多字的點評，我回了信："眼耳寬，天地窄。當我們看多了這世上種種自己所不能理解的事情之後，就會漸漸地平靜下來，理解這些東西。時間才是最好的改變！"

　　我之所以會提到《金剛經》中的那句話，原因在於而今當我再次拜讀《紅樓夢》的時候，我發現自己已經淡然了。不知道是經常讀《金剛經》的緣故，還是被《六祖壇經》中一句"聽說依此修行，西方只在目前"所感動，總覺得如今的我手中雖然翻閱的是《紅樓夢》，但是心中的那份寧靜早已把《紅樓夢》定義爲經書了。

　　《紅樓夢》真的是一本"應無所住，而生其心"的經書，這是一本像鏡子一樣的小說。"竹影掃階塵不動，月穿潭底水無痕"就是對《金剛經》這句話最好的注解。爲什麼有人會討厭書中的某個角色？爲什麼有人會欣賞書中的某個角色？原因很簡單，因爲在《紅樓夢》這本世間的經書中，有你的倒影。

　　就像林黛玉和賈寶玉的關係，也許你會看得很糾結，還會百思不得其解，爲什麼兩個互相不和的人會糾纏在一起，或許有些人會認爲這種人生太累了。生活中往往就是如此，不是我們覺得太累了，而是我們心中的那面鏡子倒映著抹不掉的痕跡。於我而言，他們二人就是自己生活中的感動。這份感動來源於在我們有限的一生中，那個曾經氣自己的，罵自己的，和自己吵架、慪氣、鬧脾氣的人，才是你生命中最令你感動的人，這個人或許是師父、父母，也或許是朋友和自己所愛的人！

《紅樓夢》又是一本可以讓人寬容的書。誠如一位佛學院教務長所說："每個人都在演戲，關鍵看誰不當回事！"確實如此，愛是一場戲，恨是一場戲，人情練達、機關算盡都是一場戲；醒是一場戲，迷更是一場戲。一場遊戲一場夢，《紅樓夢》就是一場開悟的夢，讓每個在遊戲人生之中的人，體悟生命的不同狀態。當你明白這一切之後，原來不可原諒的事情都能釋懷，因為你會發現，當初你認為必要的東西其實並沒有那麼重要。

我特別喜歡一句經文："少欲無為，身心自在；得失從緣，心無增減。須知心若輕浮時，要安心向下，心淨則佛土淨，息心即是息災。"轉身再讀《紅樓夢》亦是如此，種種角色，不是遠離、顛倒夢想，就是執迷。從繁華上演到落幕，從迷情升華到覺悟，其實這一切都是唯心所造。如果心中自有智慧，那一切都是人離難、難離身，一切殃灾化為塵。

在一場讀者見面會上，一位讀者問了我一個讓全場驚愕的問題："我非常討厭賈環、賈蓉等人的猥瑣，依你之說，那豈不是慈悲生禍害、方便出下流嗎？"《紅樓夢》的厲害之處就在於：如果你恨，《紅樓夢》就會讓你恨個夠；如果你愛，《紅樓夢》就會讓你愛得醉生夢死。這本書會隨著你的意念而轉移，如同禪宗的當頭棒喝，毫無商量的餘地。對常人而言雖是駭人的問題，對我來說卻非常淡然。所以我回答："《紅樓夢》男女之間的關係無非就是在講性、情、愛、欲這四件事情，這是凡夫畢生沉迷的四件事情，爲何不能去原諒呢？況且，在這個世上許多人都戴著愛的面具，幹盡了人間醜事，你又何必頂著自己的面具去批判別人的臉譜呢？"其實每個人都在演戲，關鍵看誰不當回事，你若當回事，煩惱就來了！有些事只可認真，而不必當真。

彈指之間，我來到這座城市已有一年之久，我從禪文化的角度解讀《紅樓夢》也有一年之久。在此期間，因爲我對這座城市還不是很熟悉，又不喜與外界太多接觸，離開寮房的諸多時間都是在佛寺的圖書館或各大圖書城。《紅樓夢》相關領域的書籍我非常瞭解，在林林總總解讀《紅樓夢》的書籍中，用禪文化來解讀的著作在中國內地的圖書市場爲數不多。

一次，在一堆廢棄的圖書中，我偶然間拾到了一本近七萬字的紅學解讀書。經過瞭解，原來這是一位出家人從唯識學的角度解讀的，拜讀內容之後，心中甚是歡喜，後來得知此書很早之前在臺灣地區出版過，目前圖書市場已經罕見此書了。很長一段時間，我反復拜讀此書，在同沐法喜的同時，也沉思自身的情況，漸漸明白了很多。

十多家雜誌曾刊登過我從禪文化角度解讀《紅樓夢》的文章，其中包括好幾家教內的雜誌。沒想到我解讀

《紅樓夢》的文章初次和讀者見面，竟會如此受歡迎。爲了分享閱讀此書的喜悅，有些讀者還不辭辛勞地對照著原文，把我的文章輪錄分享到了網絡上。這讓我更加明白了佛教文學與傳統文學的繼承和發揚是密不可分的。

以禪文化的觀點來解讀《紅樓夢》，我深恐掛一漏萬，畢竟有些領悟是難以用文字表達出來的，需要自己去經歷，這正是《紅樓夢》的可貴之處。有一段時間，我的幾篇相關文章在網絡文學版塊公開，都躋身當天影響力排行榜前十名，這是我無法預料的。之後，我推掉了這些門户網站編輯的邀請，不再更新相關文章。而今，在沐手誦完經書之後，我還是拿起《紅樓夢》看上那麼幾段。當進入《紅樓夢》的角色之後，我驀然發現《紅樓夢》是世間最偉大的懺悔之書，曹雪芹是一位敢説實話的作者。其實，在這世間，最偉大的包容就是懺悔，生死一綫僅在呼吸之間，人若死了，那麼連懺悔的機會也沒有了，這是多麼遺憾的一件事情！上蒼賦予世間一種美麗，那就是懺悔。在《紅樓夢》中，愛恨情仇、生死離別、前世今生統統都是作者畢生的懺悔錄。做人要像曹雪芹一樣，要懂得時刻懺悔。

悟　澹

寫於 2014 年立秋

《紅樓夢》中也有"觀音"

之所以我有這個膽量動筆去寫讀《紅樓夢》的感受，有一半的原因取決於教務長妙一法師。用妙一法師的話來講，我的文字有一種不可思議的美，試著用禪文化解讀傳統文學經典，絕對可以使讀者產生共鳴。起初我是婉言拒絕的，多半是因爲不自信，後來法師的一句話感動了我："每個人的悟性和因緣是不同的，不是經典讀得多就能寫出值得贊嘆的文章，人家六祖還一個字不識呢！《六祖壇經》如今不也是曠世奇作！"

時間在指尖敲打鍵盤的節奏中恍惚而過。我發現，在拜讀經典的同時，自己也會有所感悟。更不可思議的是，自己可以開《紅樓夢》講座了，自己寫的文章跨越到了講堂。於我而言，在創作的這段路程上，最大的感悟是學會聆聽。

我個人的《紅樓夢》講堂就是在聆聽中開始分享的。《紅樓夢》有很多值得我們思考的問題，我常說《紅樓夢》不僅是問題的發源地，同時也是答案的歸結點。

楊怡：我還是習慣叫您老師。您解讀的《紅樓夢》我在雜誌上看過，您有一句非常美的話，讓我記憶深刻："給慈悲一個道歉，放下萬緣，是非恩怨都會模糊界限。"

老師您對生活中美的發現，是因爲文學的熏陶，還是生活環境使然呢？

悟澹：這樣說吧，我還是拿《紅樓夢》中的感悟和大家談談。我聽過一位肢體語言學教授的課，他說人最醜的兩個狀態就是發脾氣和喝醉酒的狀態。其實在閱讀《紅樓夢》的時候，你會發現是非、美醜都是沒有界限的。比如說劉姥姥去妙玉那喝茶，妙玉嫌棄她髒，然後她醉臥賈寶玉的床，被叫醒後與襲人展開一段關於髒的對話，你會發現每個人對生活的評價標準是不一樣的。大家可能都看到過別人喝醉酒的一面，在酩酊大醉的狀態下，絕大部分的人都是自怨自艾的。如果遇到自卑的人喝醉酒，他就會不停地妄自菲薄，甚至在醉語中自我埋怨。或許我們會認爲他在耍酒瘋，但是如果換一個角度來想，其實這樣的人是在醉酒的狀態中懺悔。

楊怡：一個人處於清醒的狀態都看不清楚自己，如何能在醉酒中懺悔呢？

悟澹：所以我說《紅樓夢》是一面鏡子。讀過《紅樓夢》的人都知道，劉姥姥醉酒進寶玉房間時，曾和寶玉房間的鏡子作了一番有趣的對話，大概意思是批評鏡子中的"親家"真沒見過世面，好不容易來一次富貴人家，戴了一頭花。劉姥姥曾在衆人的戲耍下，戴了一頭花。盡管是別人的戲耍，劉姥姥還是認爲在自己晚年有機會美一次，是多麼值得慶幸的事情，所以對著鏡子中的"親家"說這樣的話。大家有沒有想過，你會在清醒的時候說自己是個土包子或沒有見過世面嗎？我替你回答——"當然不會"。因爲清醒時我們只有我執和我慢在作怪，哪裏肯放下身段反省自己呢？我覺得曹雪芹寫這些，特別有警醒意義。大家仔細想想曾經見過的醉酒畫面，是不是總有些人在醉酒的時候自言自語："我是沒本事，我就比不過你怎麼了，我好累啊，我真受不了你！"這是什麼？其實這是在懺悔。人性不單單只有一面，多面的人性造就了現在的我們。

明德居士：我非常贊嘆這種文學智慧。雖然我沒有讀過《紅樓夢》，但是從這堂私人講堂裏，我能感受到讀書的殊勝之處。就好像您剛才所說的懺悔，我瞬間有一個問題——人在清醒的時候懺悔都沒有多大的用處，更何況在不清醒的時候呢？

悟澹：人生最大的可悲不是生離死別，而是在短暫的生命之中，沒有絲毫懺悔之心。不管是在什麼狀態之下的懺悔，其實都是一種殊勝的圓滿。我相信在座的朋友們，即使不了解《紅樓夢》，也或多或少知道禪宗大德祖師的一些言行。禪宗最大的特點就是祖師的棒喝，說也不是，不說也不是，祖師會通過各種棒喝的方式讓你把心中的種種全都置之一邊，讓你產生新的念頭。在這個過程中你會茫然無知，也可能會暈頭轉向，但是祖師通過這種手段，讓你煥然一新。那個以往迷茫的你，在這個過程中漸漸開悟，明心見性。其實在祖師或者你的皈依師父百般考驗你的時候，你是茫然無知的，也就是說，你已經"醉了"。這個醉是你表象的醉，而你內在的東西，比如你的心境和妄念，是會漸漸蘇醒的，這就是禪宗的魅力所在。而《紅樓夢》則是一本世間的經書，它將世間的一切都表達得無比完美。

廖老師：看了您的文章，說真的，以前我無法表達的話您都替我表達了。在學校，我很難找到這樣的學生。其實看了您解讀的《紅樓夢》，有個問題我始終不明白。您一直強調，在《紅樓夢》中您看到了包容。像林黛玉和賈寶玉這兩個人，如此糾纏，難道也是曹雪芹的包容嗎？

悟澹：林黛玉讓我印象最深刻的是，賈寶玉好她也哭，賈寶玉被父親罵她也哭，總之林黛玉就是一直哭哭啼啼的。用賈母的話來說，她與賈寶玉不是冤家不聚頭。其實在我們現實生活中也是如此。我看在座的絕大多數都像是有兒女的人了，我說一個現象，以做母親的為例，如果你的兒子非常優秀，你會百般地愛憐，萬分地欣慰，誇贊之餘甚至被兒子的優秀感動得流淚。如果兒子不順人心，做出你無法理解的事情，你會煩，會流淚，甚至還會說出"我怎麼生出你這種不爭氣的廢物"的話。我相信做母親的人都有過這樣的經歷，但是即便如此，只要一想起自己的兒女，好也罷，歹也罷，你都會在內心深處加以袒護。這種百般的矛盾，你會認為是糾纏嗎？不會。你之所以不會這樣認為，那是因為他是你的兒子，或她是你的女兒。其實賈寶玉和林黛玉也是這樣，那聲妹妹長妹妹短，對於賈寶玉來說，是人生的一大欣慰，因為在他生命中，有這樣一個人值得自己去生氣，去哭，去難受，都是因為這是一生所愛。就像你們對自己的兒女一樣，嘴上說"我當時怎麼生了你這麼一個貨色"，但心裏無不愛之撫之，倘若外人有半點不好的評價，心裏就會有一百個不自在。

我想曹雪芹就是想告訴大家一個很簡單的道理：那個曾經讓你百般難受的、無地自容的人，那個打你的、罵你的人，才是最值得你珍惜的，因爲在你的人生中，這個人不可或缺。

方琴：説到懺悔，是不是有一種懺悔叫作自卑，或者是因爲人的自卑而產生懺悔？

悟澹：我對懺悔的定義是找到另一個隱藏很深的自己。其實在《紅樓夢》中有這樣的事例。賈寶玉初次見秦鍾的時候，兩人的心理動態就是最好的體現。賈寶玉見秦鍾眉清目秀，一派風流的樣子，就在心中罵自己是泥豬癩狗，認爲山珍海味最終是糞堆泥溝，富貴對於自己而言是荼毒；而秦鍾見寶玉形容出衆、舉止不凡，便恨自己出生於清寒之家，無奈"貧窶"二字限人，是世間大不快之事。其實這裏講的就是兩個孩子之間的自卑，但是我們也可以理解爲懺悔。在這個片段裏，曹雪芹要表達的不僅是一種自卑形式的懺悔，更多的是在啓發人們在生活中要學會滿足，不要去羨慕別人。因爲可能在你羨慕別人的同時，別人也在羨慕你，其實每個人都是幸福的，只不過你的幸福往往體現在別人的眼中。

其實《紅樓夢》就是一面鏡子，曹雪芹的厲害之處在於他能做到表情達意時不留任何痕迹。古人言"竹影掃階塵不動，月穿潭底水無痕"就是如此。《金剛經》中的"應無所住,而生其心",我想也是這個道理。

　　有時候我自己都覺得不可思議,能在這樣的私人講堂和大家一起分享讀書的感悟,而且是開壇必講《紅樓夢》,分享我讀經典的一點心得。在佛教諸多經書中,開篇很多都是"如是我聞""唯然世尊,願要欲聞",於我而言,這是世間最美的聲音。其實,現實生活中的我們都以我爲中心,我執之心過於嚴重,傲慢和偏見成了我們生活的情感色調。然而,我們會在佛教的經典中發現,很多聖人的話,都不是以我爲中心,而是"如是我聞",欣聞法喜時那種"唯然世尊,願要欲聞"的迫切求知心理,對我特別有教育意義。在《紅樓夢》中,每次開卷閱讀的時候,我都會在心裏默念一次"如是我聞",因爲這裏面有太多生活的智慧,現實生活中的我們過於喧嘩,從來不懂得讓自己靜下心來聆聽。"觀音"——觀聞世間大慈大悲之音,觀聞世間智慧之音,就是一種智慧。我想,《紅樓夢》裏就有"觀音"。

根據作者私人講堂整理

2014 年 12 月 5 日

目录

第一章 《紅樓夢》人生真相的虛空幻境

名字背後的人世玄機 ... 001

「好」和「了」的出世、入世之道 ... 002

《毗婆沙》五夢之說，終究紅樓一夢 ... 004

寶玉，情痴一場夢 ... 009

第二章 《紅樓夢》的大乘佛教思想

《紅樓夢》的佛教救度思想情懷 ... 016

《紅樓夢》的佛教神秘主義色彩 ... 019

第三章 《紅樓夢》眾生的人生之苦

《紅樓夢》所愛之物破壞離散的愛別離苦 ... 021

王夫人、林黛玉和晴雯的怨憎會苦 ... 030

虛空幻境，賈瑞的求不得苦 ... 033

趙姨娘和賈環，可憐之人的怨憎之苦 ... 035

... 040

... 045

... 049

目 录

第四章 《紅樓夢》曹雪芹的佛教包容心態

賈雨村,歷史上那些文人的「歸隱文化」············ 057

《紅樓夢》那些隱藏的佛教人性包容············ 059

賈寶玉,每個人內心的底色············ 062

賈環,佛說智者平等看萬物············ 065

賈寶玉,每個人都有存在的理由,知心則知衆法············ 068

賈寶玉的包容與慈悲············ 070

第五章 《紅樓夢》的佛教因果和善惡報應

王熙鳳、巧姐和劉姥姥,因果的現世報············ 076

寶玉和黛玉「還泪」的生報哲學············ 079

大水淹了龍王廟,王善保家的之速報············ 080

因果,不可思議地決定貧富的結局············ 085

萬法皆空,因果不空············ 090

目录

第六章 《紅樓夢》中人物的佛教文化修養

《紅樓夢》的禪文化與清朝時期的佛教發展 ... 101
賈寶玉參禪的典故引用 ... 102
賈寶玉的佛學造詣 ... 107
林黛玉,本來無一物的機鋒 ... 109
劉姥姥,用吃齋念佛的因果點化王夫人 ... 112
劉姥姥念佛的功德 ... 115
王熙鳳禮佛皆因恐懼 ... 117
揀佛豆和念米佛的净土宗念佛方法 ... 122

第七章 《紅樓夢》中人物的佛教情懷和因緣

清王朝與佛教發展 ... 126
薛寶釵、林黛玉,菩薩的分身 ... 129
薛寶釵的執著之心 ... 130
泪已盡,林黛玉可否看破離塵 ... 132
妙玉和黛玉,生命的兩種態度 ... 133
惜春,自了漢的小乘思想 ... 138
黛玉葬花,生命的一次懺悔和開悟 ... 145
寶釵撲蝶,繁華只是生命的一種虛幻 ... 147
... 152
... 160

目录

第八章　《紅樓夢》的園林建築與佛教思想的愜意 …… 163

大觀園的「幽」與寺院園林的「净」 …… 164

繞堤柳借三篙翠，隔岸花分一脈香 …… 170

假作真時真亦假，無爲有處有還無 …… 174

第九章　《紅樓夢》禪茶一味的人生感悟 …… 181

櫳翠庵品茶，探索生命的本質 …… 183

每個人都是製茶的一個角色 …… 184

妙玉和襲人，修行的兩種態度 …… 188

生命中最大的可悲是執著 …… 192

菩提只向心覓，何勞向外求玄 …… 194

莫攀比，幸福來源於惜福 …… 196

第十章　從『六和敬』看《紅樓夢》的管理之道 …… 201

從『六和敬』談探春管理大觀園的方法 …… 202

薛寶釵『身和同住』的思維 …… 205

賈母，不痴不聾不做家翁 …… 210

目 录

第十一章 《紅樓夢》讖語，生命的一種預言和開示 … 213

賈政，一位促使讀者懺悔的「父親」 … 215

賈母謎語中的兩種預示 … 217

元春，燈謎讖語中的虛幻人生 … 220

迎春，燈謎讖語中的機關算盡皆是空 … 221

探春，燈謎讖語中的解脫 … 223

惜春，燈謎讖語中的禪意 … 224

「檻外人」和「檻內人」的生命預示 … 226

第十二章 《紅樓夢》生活中的覺悟與禪 … 229

柳湘蓮打薛蟠，菩薩的另一種示現 … 230

柳湘蓮、尤三姐，情機轉得情天破 … 236

平兒，「願將佛手雙垂下，摩得人心一樣平」 … 239

賈寶玉，一位擔當人間諸苦的菩薩 … 242

賈赦，貪得無厭不得安 … 244

誰是前世埋你的那個人 … 249

解毒《紅樓夢》的禪文化

007

扮相畫

解毒《紅樓夢》的禪文化

扮相畫
009

解毒《紅樓夢》的禪文化

第一章
《紅樓夢》人生真相的虛空幻境

名字背後的人世玄機

「好」和「了」的出世、入世之道

《毗婆沙》五夢之說,終究紅樓一夢

寶玉,情痴一場夢

名字背後的人世玄機

每次閱讀《紅樓夢》，我都會想起一則佛教故事。有一個人被一只老虎追趕，爲了逃生被迫跳進枯井中，幸好抓住了攀附井沿生長的樹根。一位獵人路過並給他送了繩索。不料他却貪婪於從樹根上滴下的蜂蜜，竟然忘記了攀爬。此時井底下有三條毒蛇，樹根上有一黑一白兩只老鼠正啃著樹根打洞。在如此嚴峻危險的情況下，這個人還是津津有味地吃著蜂蜜。

故事在向我們揭示著人生的真相：老虎象徵無常，獵人的繩索暗喻解脱之道，三條毒蛇比喻地獄道、餓鬼道和畜生道的佛教三惡道，一白一黑的老鼠如同晝夜。

其實《紅樓夢》中的故事真意也是"命"與"運"的預言，《紅樓夢》中的詩、人物名字也都是預言。故事的開篇作者説經歷了一番夢幻之後，意將真事隱去，並借通靈之説，撰此一書，故曰"甄士隱"，然後以此展開《紅樓夢》的起因、經過和結果。

在《紅樓夢》中，像這樣的案例不計其數。如甄士隱的女兒英蓮，這個人物一出場，就改變了整個家族的命運。元宵佳節，下人霍啓抱著英蓮去看社火花燈，不料英蓮丢失。甄士隱夫婦思女心切而患病，然後就是葫蘆廟香火燒了甄士隱所住巷子的整條街，全部家産化爲灰燼。

這裏我們注意到，甄士隱女兒的名字——英蓮，這場

過去未來
莫謂智賢能打破
前因後果
須知親近不相逢

天目道人

厄運就是由她的丟失而拉開序幕的。"因"爲英蓮的丟失，才引發出這一"連"串的事端。但誰是導火綫，我們也要注意一下，因爲下人霍啓照顧不周，導致英蓮丟失，"禍起"的根本就是霍啓的疏忽。

"好"和"了"的出世、入世之道

冬去春來，春耕秋收，種瓜得瓜，種豆得豆，都必定有其輪迴的道理，萬法無常，都是不可抗拒的規律。

> 世人都曉神仙好，惟有功名忘不了！
> 古今將相在何方？荒冢一堆草沒了。
> 世人都曉神仙好，只有金銀忘不了！
> 終朝只恨聚無多，及到多時眼閉了。
> 世人都曉神仙好，只有嬌妻忘不了！
> 君生日日說恩情，君死又隨人去了。
> 世人都曉神仙好，只有兒孫忘不了！
> 痴心父母古來多，孝順兒孫誰見了？

甄士隱是有悟性的，聽到跛足道人口中念叨的《好了歌》和"世上萬般，好便是了，了便是好。若不了，便不好；若要好，須是了"之言，便能徹悟"好"和"了"的玄機。

《好了歌》所提倡放下的領悟，是把這世間的權力、財富、情感全都通過"好"和"了"來點醒甄士隱和世人。甄士隱疼愛女兒，做過富人，當過官兒，是名利場中經歷過的人，但這所有的一切"好"到最後怎麼就"了"了呢？而甄士隱人生最後的覺悟是如何從"好"領悟到"了"呢？

"士隱本是有宿慧的，一聞此言，心中早已徹悟。"宿慧是指前世留下的智慧，佛教認爲這是前世歷經劫難修行以後積累到的覺悟，在今世遇到機緣就會顯現出來。如《景德傳燈錄‧鳩摩羅多》："闍者夜多承言領旨，即發宿慧，懇求出家。"今生出家的因緣，是前世信佛之慧的顯發。

不管是在甄士隱人生鼎盛的時候，還是到最後沒落的時候，都是宿慧在今世顯現而奠定的。"了"是什麼？"了"就是放下。只有放下了，甄士隱才得以解脫。所以，在經歷這番興衰之後，甄士隱能夠迅速明白，掙扎痛苦之後就是要解脫痛苦，這是對立的，就像黑對白、冷對暖、壞對好、出對入、出世對入世那樣，這就是無常的變化。

在《紅樓夢》中一直都是真實與虛幻不斷交錯著。小說第一回，不管是神話故事也好，現實故事也罷，都脫離不了"好了"。絳珠草受神瑛侍者一生的灌溉，最終修煉成女身。因爲神瑛侍者動了凡心，要去人間經歷一番繁華，絳珠草所幻化的女子便也要求跟著去一遭，並用自己一生的眼泪還神瑛侍者昔日的灌溉之恩，以此來"了"卻這段恩情。

領悟，別人是没有辦法給你的，需要自己在摸爬滾打中慢慢地體會，然後還要看自己是否有這個慧根，神話故事中的人物如此，現實中也是這樣。在這裏我不由得想到了《白蛇傳》這則民間傳說。

白娘子的故事在民間是家喻戶曉的。千年蛇妖白娘子和許仙的愛情故事，因摻入了佛門弟子法海這一角色，便將前世今生的愛情通過三人的立場展現得無比淒美浪漫，再經過民間流傳以及文學加工，至今令人念念不忘、不勝唏噓。

白娘子與許仙的結合是浪漫而感人的，但追根究底還是孽緣。儘管如此，百姓對白娘子的遭遇還是給予了同情，更多的是批判法海的冷酷與無情。而法海在故事中所扮演的是出家人的角色，出家人本應慈悲爲懷，爲何還要苦苦執著地拆散一對有情人呢？

一段傳說的興起，必定有其問世的背景，多半包括當時的民生、政治等因素。拋開這一切，我們來分析法海這樣一位看似負面的角色有著怎樣的佛教文化色彩。

既然《白蛇傳》是民間傳說，那麼所謂的傳說必定是傳完説、説完傳。在《白蛇傳》故事發展的情節中，釵和傘是在白娘子的愛情中扮演重要角色的兩件物品，蛇妖白娘子和許仙的情緣就靠這兩件信物所定。就像《紅樓夢》中的那句話"千紅同窟（哭），萬艷同杯（悲）"一樣，白娘子和許仙定情的釵扮演著"拆"的角色，兩人的媒人傘則暗喻著"散"的結局。

在白娘子的故事中，法海前世是抓蛇老人，曾抓過未得道的小蛇白娘子，不想被許仙前世小牧童所救。因此，今生白娘子報恩許仙却遭遇法海阻撓。《白蛇傳》故事的巧合就在於它和佛家的因果之説有著密切的關聯。

　　種善因，結善果，一飲一啄莫非前定，眼耳鼻舌身感受到的其實都是由因所引出的果。恩怨情仇會讓你被世間的幻象所迷惑，一切有爲法，都是"色"和"相"而已。跳出三界外，不在五行中，夢幻泡影，一切皆空。

　　站在白娘子的角度，她爲了報恩，不惜一切代價試圖救出夫君，只顧小愛不顧大愛，水漫金山殃及無辜；站在法海的角度，他永遠扮演著忍辱負重的角色，不爲世人理解，却還要苦口婆心地來度化白娘子和許仙。試問法海這樣做是不是在指引白娘子？

　　白娘子雖然是蛇妖，但水漫金山這樣的排場都能擺出，一座小小的雷峰塔真的能鎮壓得住她嗎？難道這當真是法術的厲害嗎？我想，當白娘子進塔的那一刻，她或許明白了塔內的自己不懂得珍惜，塔外的親人又何處去安家？面對佛法的沐浴，或許白娘子領悟到今日塔內充實自己，明日塔外方才一片繁華，若想出塔必須先入塔，白娘子明白了要脱離輪迴，方可得到大愛。

　　白娘子和甄士隱是一樣的，在一切經歷之後，才不去掙扎，最終以"了"來升華到"好"的境界，這是甄士隱也是白娘子的人生蜕變和精進。

《毗婆沙》五夢之説，終究紅樓一夢

"悲喜千般同幻泡，古今一夢盡荒唐。"曹公的《紅樓夢》在夢文化歷史上可以説是當之無愧的巔峰之作。《紅樓夢》中描寫了三十二個"夢"，其中前八十回二十個，後四十回十二個。曹公費盡心血描寫夢境，以夢來點醒世人：人生在世，費盡心機顛倒夢想，以夢爲真，却也躲不過生死輪迴。《脂硯齋本紅樓夢》云："一部大書起是夢，寶玉情是夢，賈瑞淫又是夢，秦之家計長策又是夢，今作詩也是夢，一並風月鑒亦從夢中所有，故曰《紅樓夢》也。"

《金剛經》中著名的六如偈——夢、幻、泡、影、露、電，之所以將夢排在首位，那是因爲"皆自妄想而成，亦如夢境"。許多人的現實生活跟夢境一般，分不清是夢境還是現實。以這種巧妙的比喻引導衆生頓悟，形成了"夢悟"。

在佛教當中關於夢的起因，有著"五夢""四夢"之説。《毗婆沙》中記載，做夢的原因有五種，即他引、曾更、當有、分別、諸病。而《法苑珠林》中的記載則將夢區分爲"四大不和夢、見先夢、天人夢和想夢"。從本質意義上來講，這兩種説法有互相重叠的部分。這種分類方式將民間信仰和佛法有機地結合在了一起。

所謂《毗婆沙》中"他引、曾更、當有、分別、諸病"，我們也不難理解。他引，就是被外界事物所引導的夢；曾更，就是以前經歷過的一些事情在夢中發生；當有，就是未來所發生的事情會在夢中提前出現；分別，就是日有所思夜有所夢；諸病，就是由於身體的不適所產生的夢。

開篇第一回，第一個夢就是"甄士隱夢幻識通靈"，交代了賈寶玉和林黛玉兩人的前世姻緣，並且預示兩人"石木之緣"的基本走向。

此事說來好笑，竟是千古未聞的罕事。只因西方靈河岸上三生石畔，有絳珠草一株，時有赤瑕宮神瑛侍者，日以甘露灌溉，這絳珠草始得久延歲月。後來既受天地精華，復得雨露滋養，遂得脫却草胎木質，得換人形，僅修成個女體，終日游於離恨天外，餓則食蜜青果爲膳，渴則飲灌愁海水爲湯；只因尚未酬報灌溉之德，故其五衷便鬱結著一段纏綿不盡之意。恰近日這神瑛侍者凡心偶熾，乘此昌明太平朝世，意欲下凡造歷幻緣，已在警幻仙子案前掛了號。警幻亦曾問及，灌溉之情未償，趁此倒可了結的。那絳珠仙子道："他是甘露之惠，我並無水可還。他既下世爲人，我也去下世爲人，但把我一生所有的眼淚還他，也償還得過他了。"

在這個夢中，既有《毗婆沙》五夢中的"曾更"，也有五夢中的"當有"。這個"當有"是指還淚一事，後續勾出諸多風流冤家，一道一僧要陪他們去了結此案。

《紅樓夢》第二十四回"醉金剛輕財尚義俠，痴女兒遺帕惹相思"中,年方十六的丫鬟紅玉丟了手帕,便四處尋找,巧合之下在怡紅院見寶玉喝茶無人照料。園中的女兒多的是,紅玉只不過是一個不起眼的小丫頭罷了。在這達官貴人之家,爲奴爲婢的女人哪個不想飛上枝頭變鳳凰?從寶玉和紅玉兩人對話中,紅玉的回答就能看出她不安現狀之心。

寶玉看了,便笑問道:"你也是我這屋裏的人麼?"那丫頭道:"是的。"寶玉道:"既是這屋裏的,我怎麼不認得?"那丫頭聽説,便冷笑了一聲道:"認不得也多,豈只我一個。從來我又不遞茶遞水,拿東拿西,眼見的事一點兒不作,那裏認得呢。"寶玉道:"你爲什麼不作那眼見的事?"那丫頭道:"這話我也難説。只是有一句話回二爺:昨兒有個什麼蕓兒來找二爺。我想二爺不得空兒,便叫焙茗回他,叫他今日早起來;不想二爺又往北府裏去了。"

但是偏偏讓紅玉尋得這麼好的一次機會,這丫頭"早接了碗過去",以此機會在寶玉面前獻殷勤,方便攀高枝。但是天不遂人願,却讓提水回來的秋紋、碧痕兩人一頓奚落嘲諷。這等良緣就這樣白白錯過了,紅玉不免心灰了一半,悶悶地回至房中。

(紅玉)睡在床上暗暗盤算,翻來掉去,正没個抓尋。忽聽窗外低低的叫道:"紅玉,你的手帕子我拾在這裏呢。"紅玉聽了,忙走出來,一看不是別人,正是賈蕓。紅玉不覺的粉面含羞,問道:"二爺在那裏拾著的?"

賈薔笑道："你過來，我告訴你。"一面說，一面就上來拉他。那紅玉急回身一跑，却被門檻絆倒。

不到下一回分解，你還真不知道紅玉這是在做夢。在《紅樓夢》中，衆多夢境都不同，寫夢的章法總不雷同。此夢更寫得新奇，不見後文不知是夢。在封建社會，不管女子還是男子，追求自由的愛情是不符合社會倫理觀念的。妙齡少女的相思之夢在這裏體現出一種強烈的感情占有欲，是一種潛在的思想，在潛意識裏通過夢境物象化了。紅玉這日有所思夜有所夢，正是《毗婆沙》五夢中"分別"的體現。曹雪芹逼真的夢境描寫，將一個身份普通的小人物的深層心理活動洞幽燭微地展現在讀者面前。

第八十七回"感秋聲撫琴悲往事，坐禪寂走火入邪魔"，這一章節對妙玉的夢境描寫引起了不少爭論。作者敢以"走火"之筆，對一位年輕女尼在封建社會思想禁錮和宗教意識重壓下的修行"禪寂"心理，用一系列扭曲變化的手法描寫得淋漓盡致。

櫳翠庵的妙玉在大觀園與惜春下棋，一旁觀棋的寶玉隨口的一句問話讓妙玉害羞了。隨後妙玉告辭，因園中小路彎曲找不到回家的路，就讓寶玉陪同引路。路過瀟湘館的時候聽到黛玉彈琴吟唱"之子與我兮心焉相投"的重重憂思，不免讓妙玉春心萌動。回到庵中吃罷飯，妙玉即上禪床打坐。

屏息垂簾，跏趺坐下，斷除妄想，趨向真如。坐到三更過後，聽得屋上唔碌碌一片瓦響。妙玉恐有賊來，下了禪床，出到前軒，但見雲影橫空，月華如水。那時天氣尚不很凉，獨自一個憑欄站了一回，忽聽房上兩個貓兒一遞一聲廝叫。那妙玉忽想起日間寶玉之言，不覺一陣心跳耳熱。自己連忙收攝心神，走進禪房，仍到禪床上坐了。怎奈神不守舍，一時如萬馬奔馳，覺得禪床便恍蕩起來，身子已不在庵中。便有許多王孫公子要來娶他，又有些媒婆扯扯拽拽扶他上車，自己不肯去。一回兒又有盜賊劫他，持刀執棍的逼勒。只得哭喊求救。

作者通過此番夢境反映出伴隨古佛青燈，清心寡欲、心性高潔的妙玉"紅塵未斷"，的確是驚世駭俗的夢境描寫，因此引來了當代某些學者的不滿和疑惑。且不論這些，夢本身與倫理、審美和社會觀念是相違背的。妙玉之所以有這個夢境，導火綫是在大觀園內的一系列事情，她是被外界事物所牽引而產生了這個夢境。妙玉的這場夢境是《毗婆沙》五夢中"他引"的體現，正是宗教意識讓妙玉處於"子之遭兮不自由"的境地。

在《紅樓夢》第十二回"王熙鳳毒設相思局，賈天祥正照風月鑒"中，賈瑞愛慕鳳姐，在自我情欲的火焰中默默地煎熬。賈瑞遭遇苦打，餓著肚子，在風口裏跪著讀書那種悲苦萬狀的畫面，對我們而言或許是一種警示。賈瑞這位癡情，或者被讀者定義爲下流的人，最終不得善報，因陷入王熙鳳設計的圈套中，一步一步走向死亡。

賈瑞收了鏡子，想道："這道士倒有意思。我何不照一照試試。"想畢，拿起"風月鑒"來，向反面一照，只见一個骷髏立在裏面。嚇得賈瑞連忙掩了，罵："道士混賬，如何嚇我！我倒再照照正面是什麽。"想著，又將正面一照，只見鳳姐站在裏面招手叫他。賈瑞心中一喜，蕩悠悠的覺得進了鏡子，與鳳姐雲雨一番，鳳姐仍送他出來。到了床上，"嗳喲"了一聲，一睁眼，鏡子從手裏掉過來，仍是反面立著一個骷髏。賈瑞自覺汗津津的，底下已遺了一攤精。心中到底不足，又翻過正面來，只見鳳姐還招手叫他，他又進去。如此三四次。到了這次，剛要出鏡子來，只見兩個人走來，拿鐵鎖把他套住，拉了就走。賈瑞叫道："讓我拿了鏡子再走。"只説了這句，就再不能説話了。

這裏的賈瑞是有病的，他的生命力被情欲無法占有的那份煎熬消耗殆盡。躺在床上的他殊不知自己已經因情患病，寧願看著鏡子的正面，到鏡子裏去做男歡女愛之事，也不願看鏡子反面的骷髏反思自己，直到在鏡子裏面風流至死。這裏作者對夢只字未提，但是這鏡子何嘗不是一場夢境，境外的人是痴病之人，境内的事是痴病之事，完全可以説是《毗婆沙》五夢中"諸病"的寫照。

以上舉例只不過是《紅樓夢》諸多夢境中的冰山一角，書中諸多夢境均能體現出《紅樓夢》色即是空的思想主題。面對這是愛是欲、是緣是怨、是純是渾的種種，到頭來都是一場"空"、一場嘩衆取寵的"夢"，只是枕邊夢去心亦去，醒後夢還心不還。

第一章 《紅樓夢》人生真相的虛空幻境

寶玉，情痴一場夢

《紅樓夢》最讓我注意的地方，就是這個"夢"字。當我們以每一個角色為鏡子的時候，會發現情痴一場夢，算計一場夢，繁華一場夢，到頭來分離聚合都是夢。曹雪芹"如夢似幻"的主題多半含有以悲為主的色彩，帶入了佛教"空""夢""幻"的思想。

《紅樓夢》的開示讓我明白"浮生著甚苦奔忙？盛席華筵終散場。悲喜千般同幻泡，古今一夢盡荒唐"。賈瑞的淫是夢，寶玉的情也是夢，誠如曹雪芹筆下一僧一道的嘆息："樂極悲生，人非物換，究竟是到頭一夢，萬境歸空。"

卻說秦氏因聽見寶玉從夢中喚他的乳名，心中自是納悶，又不好細問。彼時寶玉迷迷惑惑，若有所失。眾人忙端上桂圓湯來，呷了兩口，遂起身整衣。襲人伸手與他係褲帶時，不覺伸手至大腿處，只覺冰涼粘濕的一片，嚇的忙退出手來，問是怎麼了。寶玉紅漲了臉，把他的手一捻。

第六回開篇，就把夢境拉回現實，這是一個非常大的轉變。《紅樓夢》的偉大之處就在於作者曹雪芹能把大家不敢說的話，全都通過夢境表現出來，而且極具開示意味。在寶玉的夢境中，他提前看到了身邊所有人的命運，但是執迷的他無法參透其中的暗示，只是當作一場夢，卻不知夢境的種種，一切極具象徵意義。

寶玉在夢中與秦可卿柔情繾綣、軟語溫存、難捨難分，在夢中行雲雨之事，却在夢外遺精，這是青少年青春時期身心發育階段的現象。《紅樓夢》是一本偉大的造"夢"奇書，性情愛欲在這本書裏都是大夢一場。

寶玉之所以有這樣的夢，是因爲警幻仙子爲了讓他在夢中提前開悟，來了却這一切的冤孽。不料，夢中的種種却誘發了寶玉的情痴。不得不説，有些事物需要我們身體力行地感受，前人稱之爲"歷劫"。

"一場幽夢同誰近，千古情人獨我痴。"這不僅僅在説寶玉，也是曹雪芹對我們的開示。佛教有六道輪迴之説，死後會出現"四大分離"的現象，我們生前的色身皆爲幻身。古人言："眉睫綫交，夢裏便不能張主；眼光落地，泉下又安得分明？"我經常聽到有人批判寶玉夢中的種種，其實夢是不具備倫理和常情的。誠如古人所言，雙眼閉上，睡夢中的人都不能自作主張。

不管是寶玉的夢，還是賈瑞風月寶鑒鏡中的夢，講的無非就是痴迷。賈瑞痴迷一場夢，斷送了性命；寶玉情痴一場夢，頓悟了紅塵。如同寶玉的夢，雖然在和秦可卿雲雨，但是曹雪芹同時也寫出了寶玉"見荆榛遍地，狼虎同群，迎面一道黑溪阻路，並無橋樑可通"的夢境。讀到這裏，讀者或許能够豁然體會到人生在世如身處荆棘之中，心不動，人不妄動，不動則不傷；如心動，則人妄動，傷其身痛其骨，於是體會到世間諸般痛苦。

第二章 《紅樓夢》的大乘佛教思想

《紅樓夢》的佛教救度思想情懷

《紅樓夢》的佛教神秘主義色彩

大凡有思想的人看了《紅樓夢》，都會評説出一二。每個人的慧根不同，所看的角度也是不一樣的。實際上，不懂佛學難通紅學，這話一點都不假。讀《紅樓夢》，看大觀園的興衰聚散，那些府上衆生因愛別離苦而空悟智的人生哲理，均有專研者從多個角度考證。

《紅樓夢》中的人情世態、萬象森羅，用佛教的眼光來看這本書，不管是臺前還是幕後，均顯其妙。緣起萬有如臺前，性空無我爲幕後。作爲中國傳統文化集大成者的《紅樓夢》，在多元文化的交融中，大乘佛教中的重要思想，如救度思想、般若智慧、性空幻有、神秘主義色彩等，都貫串於因情宿孽、悲喜繁華、萬緣無常、"警幻"醒世的描述之中。

《紅樓夢》的佛教救度思想情懷

簡單地説，大乘佛教與小乘佛教的區別在於，大乘佛教認爲佛教徒要做到順應世法，積極入世，恒順衆生；小乘佛教却致力於個人解脱，與大乘佛教普度衆生有著明顯的區別。

大乘佛教的基本特徵是在世俗中深入衆生，以便救度衆生。所謂"乘"有"乘載"或"道路"之意。用這種教義比喻一艘巨大無比的船，承載衆生脱離苦難、了脱生死，從生死此岸世界到達涅槃解脱的彼岸世界成就正果。

《大方廣佛華嚴經》中説："我不成就衆生，誰當成就？我不調伏眾生，誰當調伏？我不寂靜眾生，誰當寂靜？我不令眾生歡喜，誰當令歡喜？我不清凈眾生，誰當令清净？"大乘佛教的救度思想就像一根綫一樣貫串於整本《紅樓夢》中。

《紅樓夢》的故事就建立在一個"還債"的基礎上。作者以"意欲下凡造歷幻緣"作爲開始，以"一生所有的眼淚還他"作爲鋪墊，從而引申到救度思想這個過程。第一回中一僧一道爲下凡造歷幻緣之事造功德，將這一半落塵之事交割給警幻仙子，然後在後續的故事章節裏展開下世度脫的動作。

在《紅樓夢》的恩恩怨怨、人物的承轉啓合中，我們不難發現，不管是甄士隱、柳湘蓮和賈寶玉的出家，還是賈雨村覺迷渡口的悟道等故事情節，都與大乘佛教的救度思想有著緊密的關聯，碰巧由這一僧一道完成這個度脫的動作。

曾與很多人聊天，大多都會認爲得成正果或者在佛教中的解脱、救度的結局都是死亡。這種認識是不對的。在大乘佛教的思想中，救度並不意味著死亡，而是了脱生死達到彼岸世界成就果位。正如第一回：

士隱因説道："適聞仙師所談因果，實人世罕聞者。但弟子愚濁，不能洞悉明白，若蒙大開痴頑，備細一聞，弟子則洗耳諦聽，稍能警省，亦可免沉淪之苦。"二仙笑道："此乃玄機不可預泄者。到那時只不要忘我二人，便可跳出火坑矣。"士隱聽了，不便再問。

其實在這裏，這一僧一道已經爲後期的救度做好了準備。"到那時不要忘我二人，便可跳出火坑矣"這話裏已經暗藏玄機，所以後來甄士隱在遭遇丟女兒、葫蘆廟失火燒府院、寄人籬下飽受岳丈冷眼等一系列事情之後，聽到了跛足道人所念叨的《好了歌》，便很快明白世上萬般，"好"便是"了"，"了"便是"好"，若不"了"，便不"好"，若要"好"，須是"了"的道理，於是出了家。正是因爲士隱本是有宿慧的，一聞此言，心中便已徹悟。在這裏，甄士隱丟了女兒、葫蘆廟失火燒府院、投人不著這些遭遇，就像教義這艘巨大無比的船一樣，以救度情懷把甄士隱從"了"的這個世界昇華到"好"的世界。

在《紅樓夢》中，賈寶玉覺悟的過程也是一個救度的過程，不同的是整個過程都是賈寶玉藉助一僧一道自我救度。如第一回：

俄見一僧一道遠遠而來，生得骨格不凡，丰神迥異，說說笑笑來至峰下，坐於石邊高談快論。先是說些雲山霧海神仙玄幻之事，後便說到紅塵中榮華富貴。此石聽了，不覺打動凡心，也想要到人間去享一享這榮華富貴，但自恨粗蠢，不得已，便口吐人言，向那僧道說道："大師，弟子蠢物不能見禮了。適聞二位談那人世間榮耀繁華，心切慕之。弟子質雖粗蠢，性却稍通，況見二師仙形道體，定非凡品，必有補天濟世之材，利物濟人之德。如蒙發一點慈心，携帶弟子得入紅塵，在那富貴場中温柔鄉里受享幾年，自當永佩洪恩，萬劫不忘也。

"弟子質雖粗蠢，性却稍通"，可見這石頭自己的障礙是質地"粗蠢"，所以才以去富貴之鄉要求二仙救度，直到在人間經歷了夢幻之後，寶玉的覺悟才開始有了變化。如第一百一十七回：

寶玉本來穎悟，又經點化，早把紅塵看破，只是自己的底裏未知；一聞那僧問起玉來，好像當頭一棒，便說道："你也不用銀子了，我把那玉還你罷。"那僧笑道："也該還我了。"

在這裏，我們可以看出寶玉已經發生了明顯的變化。對於這種變化，那一僧一道只起著"乘"的媒介作用，真正起救度主導作用的還是林黛玉。林黛玉之死讓寶玉看破紅塵、了悟生死。在這個大的框架上，我們可以這樣理解，在賈寶玉從一個石頭的"粗蠢"轉變到"靈性"的過程中，一僧一道充當了引導人，而林黛玉則執行著救度思想的任務，讓賈寶玉從本殼的"粗蠢"走向自覺覺悟的靈性境界。

其實，石頭"粗蠢"尋求一僧一道救度的框架，倒和《西遊記》第四十九回有著异曲同工之妙：

老龜道："不勞師父賜謝。我聞得西天佛祖無滅無生，能知過去未來之事。我在此間，整修行了一千三百餘年；雖然延壽身輕，會說人語，只是難脫本殼。萬望老師父到西天與我問佛祖一聲，看我幾時得脫本殼，可得一個人身。"

後來唐三藏到了西天之後，只顧經書之事而把老黿的交代忘得一干二净，導致老黿最後馱唐三藏渡河發怒，直接將經書沉入河內。老黿和寶玉一樣"質地粗蠢，難脱本殼"，寶玉得到了很好的救度機會，老黿却没有得到唐三藏的救度，不免讓人覺得惋惜。

凡事都講究因緣，大乘佛法的救度亦是以因緣爲度，菩薩佛陀這樣的救度方式在佛教經典中不計其數。在《紅樓夢》中，警幻仙子多次救度寶玉，以酒、茶茗、妙曲、情欲、色相度化他，寶玉也未能覺悟。可見警幻仙子多次以緣而度，並没有真正找到寶玉的"緣起"之地在哪裏。

密宗傳説中有這麽一個典故：婆羅門教的信奉者毗那夜迦國王經常屠殺佛教徒，釋迦牟尼得知後親點觀音去教化他，觀音用了種種途徑來度化毗那夜迦國王都無法將其降伏，無奈之下變化成美女和毗那夜迦交合，在觀音的寬懷一度中，毗那夜迦終於頓悟，皈依佛門成爲佛壇上衆金剛的主尊。

我想很多人的記憶中都會浮現出《西遊記》第四十九回"三藏有灾沉水宅，觀音救難顯魚籃"。那一節中還強調了收服鯉魚精的是没來得及梳妝的觀音，對整個收妖過程作了詳細的描寫。比如，菩薩解下一根束襖的絲帶，將籃兒拴定，手提絲帶脚踏雲彩，頌字道："死的去，活的住；死的去，活的住！"當念到第七遍的時候，菩薩就將鯉魚精收服在籃子裏了。菩薩如此簡單就收服了鯉魚精，整個過程連孫悟空都沒看明白。

但是很少人知道觀音手中的魚籃，是菩薩以性作爲方便法門的標誌。其實魚籃觀音的形象是由娼妓轉變成烈婦的，這也是魚籃觀音"以色設緣"的佛教義理和中國傳統文化的融合。通俗地講，觀音手中的魚籃是以性作爲方便法門的標誌，但是我們民間宗教却賦予了它降魔伏妖的功能。

《觀音感應傳》中提到，觀音爲了教化人們，變成了提籃賣魚的美艷女子，得到了很多男子的青睞。觀音要求只有在第二天能誦《普門品》《金剛經》《法華經》的人才願意下嫁，但嫁入後須臾就死了。無論是密宗傳說中的縱欲，還是觀音的變化，其做法都是宣揚佛法，是傳法度人、懲惡勸善的。

觀音以色作爲方便法門，其實就是因緣而度的理念。這種以娼救淫的行爲，有著深厚的佛理基礎。人們常說佛不度無緣之人，以色設緣的佛教義理，看似菩薩"行方便"，其實就是以"空""無相""無作""無我"等作爲法門，熏修其心，教化眾生。雖然菩薩自身陷於五欲的污泥中，但是一旦正法弘揚，就會抽身而去，牽出欲界。

《維摩詰所說經》說，"有以諸菩薩而作佛事，有以佛所化人而作佛事，有以菩提樹而作佛事"，"有以飯食而作佛事，有以園林臺觀而作佛事"，"有以三十二相八十隨形好而作佛事，有以佛身而作佛事，有以虛空而作佛事，眾生應以此緣得入律行"，"有以夢、幻、影、響、鏡中像、水中月、熱時焰，如是等喻而作佛事"，開方便門，顯真實像。所謂的方便法門就是正直舍方便，但説無上道，佛陀度化人一般都是看你有什麼因緣，就以什麼因緣來度化你。如第二十二回：

"漫揾英雄泪，相離處士家。謝慈悲，剃度在蓮臺下。没緣法，轉眼分離乍。赤條條來去無牽掛。那裏討煙蓑雨笠卷單行，一任俺芒鞋破鉢隨緣化。"……黛玉看了，知是寶玉因一時感忿而作，不覺可笑可嘆，便向襲人道："作的是玩意兒，無甚關係。"説畢，便攜了回房去，與湘雲同看。次日又與寶釵看。寶釵看其詞曰："無我原非你，從他不解伊。肆行無礙憑來去。茫茫著甚悲愁喜，紛紛説甚親疏密。從前碌碌却因何，到如今，回頭試想真無趣。"看畢，又看那偈語，又笑曰："這個人悟了。都是我的不是。都是我昨兒一支曲子惹出來的。這些道書禪機最能移性，明兒認真説起這些瘋話來，存了這個意思，都是從我這一隻曲子上來，我成了個罪魁了。"

此處的寶玉是否如薛寶釵説的那樣開悟了？其實不然。寶玉若是在此處悟了，那警幻仙子的多次嘗試救度早就成功了。要想度化寶玉，要知道寶玉的緣起，寶玉只有在與大觀園的衆女兒家經歷了一番後才能抽身而去，牽出欲界。在第三十六回"識分定情悟梨香院"，是寶玉今後覺悟不被欲望所驅的一個重要轉折。

那寶玉一心栽奪盤算，痴痴的回至怡紅院中，正值林黛玉和襲人坐著説話兒呢。寶玉一進來，就和襲人長嘆，說道："我昨晚上的話竟說錯了。怪道老爺說我是'管窺蠡測'。昨夜說你們的眼淚單葬我，這就錯了。我竟不能全得了。從此後，只是各人各得眼淚罷了。"襲人昨夜不過是些頑話，已經忘了，不想寶玉今又提起來，便笑道："你可真真有些瘋了。"寶玉默默不對。自此深悟人生情緣，各有分定，只是每每暗傷，不知將來葬我灑淚者爲誰。此皆寶玉心中所懷，也不可十分妄擬。

"各人各得眼淚"正是呼應第一回的"還淚之說"。寶玉的緣起之根在林黛玉身上，解鈴還須繫鈴人。雖然林黛玉頗具佛性，但是由於過於因情執著於煩惱，所以到死的那一刻也不能證得什麼。相比薛寶釵，雖然薛寶釵本人有智慧，但是她心機太深，願力不足。兩人都不完美，一個是慈悲的象徵，一個是智慧的代表，可以把她們比作菩薩的化身，二人共同來度化寶玉，缺一不可。

寶玉因空起色，以色生情，入情入色，最後以色悟道，不是警幻仙子的能力所能救度的，因緣而合的根本在於林黛玉。在機緣的推波助瀾下，林黛玉的死亡也是寶玉覺悟的一個重要契機。

在《紅樓夢》中，這種因緣和合而生的救度思想，在曹雪芹設計的框架中，相對而言犧牲太大了，這也是《紅樓夢》包羅萬象的重要原因所在。但是，有時候往往一個"拙"才能道以拙成。警幻仙子未能找到寶玉的緣起之地，反而起到"談空反被空迷"的效果，而寶玉在這"情緣"之地歷劫之後才能覺悟，這才是《紅樓夢》救度思想中因緣而度的玄機之處。

開辟鴻蒙　誰為情種
都只為風月情濃、
奈何天　傷懷日　寂寥時
試遣愚衷
因此上演這
懷金悼玉的
紅樓夢

天目道人書於覺迷山

《紅樓夢》的佛教神秘主義色彩

"宗教"一詞,給人的第一感覺就是具有濃厚的神秘主義色彩,在中國表現爲一種對神明和祖先的敬畏、尊敬,以教育和教化的方式建立起對神道和宗教的信仰。這種"神道設教"的方式以宗教爲主題,包含對以道德水準、神話著作、傳道解惑等方式使大衆建立信仰的宗教實踐。

佛教的宗教神秘主義色彩在《紅樓夢》中有著完美的詮釋和體現。小說開篇即以女媧補天留下一塊石頭未用來展開"通靈之說"的故事情節。此外,書中還有許多以幻術、幻相來度化衆生的情節。如第一回中,僧人念咒書符,大展幻術,將一塊大石頓時變成一塊鮮明瑩潔的美玉,且又縮成扇墜大小可佩可拿。

這種以幻相下凡歷劫紅塵的情節,在佛教的神秘色彩中大有教化意義,同時也摻入了民間習俗的咒語巫術,以解決與衆生生活攸關的疑難問題,如第二十五回一僧一道將通靈寶玉持咒之後,便解除了寶玉和王熙鳳的劫難。

在諸多佛教神秘色彩中,夢文化也是不可或缺的一筆,而《紅樓夢》不得不說是一本不折不扣的夢文化小說。在中國夢文化中,關於夢的起因有著深厚的研究架構,而在《紅樓夢》的諸多夢境中,第十二回"風月寶鑒"解救賈瑞的描寫便極具夢幻色彩。

先民在很早以前就提出過"因病而夢"的夢源學説，《黃帝内經》就是這種學説的最好印証。《黃帝内經》從中醫的角度來解釋夢，將夢的起因分爲"淫邪泮衍發夢"和"虛氣厥逆發夢"兩大類。在《黃帝内經·靈樞》中一篇《淫邪發夢》是我國最早的論夢專篇。

《紅樓夢》中賈瑞之死就與"淫邪發夢"有關。貪戀王熙鳳美色的賈瑞，被王熙鳳設了相思局却不能醒悟，爺爺讓他在寒風裏罰跪補功課都無濟於事。賈瑞最終不能自拔，因不能得到鳳姐的温存而導致因情病入膏肓。在無藥可治的情況下，道人將"風月寶鑒"給了賈瑞，要求只能看鏡子的背面，不能看鏡子的正面。可是賈瑞無法控制自己的欲望，看到鏡子反面的骷髏頭就心生畏懼，而鏡子正面與鳳姐温存的畫面讓賈瑞無法自拔，鏡中虛幻的情慾畫面讓不知底兒的賈瑞精盡人亡。

這一回的夢脱離於傳統的夢境，傳統的夢境都是依托於睡覺而産生的，而賈瑞的這個夢則通過鏡子的正反面顯現出來，更具佛教神秘主義色彩。曹雪芹這種手法的描寫，用"虛空幻境"四字來教誨世人不要迷戀不切實際、讓人著迷的事物，同時也用佛教神秘主義色彩的智慧將人生的悲歡離合、愛别離苦展現得淋漓盡致。

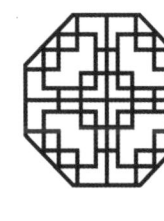

第三章
《紅樓夢》眾生的人生之苦

《紅樓夢》所愛之物破壞離散的愛別離苦

王夫人、林黛玉和晴雯的怨憎會苦

虛空幻境,賈瑞的求不得苦

趙姨娘和賈環,可憐之人的怨憎之苦

厚天高地

堪叹古今情不尽

痴男怨女

可怜风月债难偿

天目迻人

何等名爲愛別離苦？所愛之物破壞離散。所愛之物破壞離散亦有二種：一者人中五陰壞，二者天中五陰壞。如是人天所愛五陰，分別挍計有無量種，是名愛別離苦。

何等名爲怨憎會苦？所不愛者而共聚集。所不愛者而共聚集復有三種，所謂地獄、餓鬼、畜生。如是三趣分別挍計有無量種，如是則名怨憎會苦。

何等名爲求不得苦？求不得苦復有二種：一者所希望處求不能得，二者多役功力不得果報。如是則名求不得苦。

何等名爲五盛陰苦？五盛陰苦者，生苦、老苦、病苦、死苦、愛別離苦、怨憎會苦、求不得苦，是故名爲五盛陰苦。

——《大般涅槃經》

《紅樓夢》所愛之物破壞離散的愛別離苦

關於"分離"和"聚散"，我想每個人都會有或多或少的感受，這種感受交織著悲歡離合。《大般涅槃經》第十二卷云："何等名爲愛別離苦？所愛之物破壞離散。所愛之物破壞離散亦有二種：一者人中五陰壞，二者天中五陰壞。如是人天所愛五陰，分別挍計有無量種，是名愛別離苦。"

《紅樓夢》這部摻雜了悲歡離合、情仇愛恨的人生百味之書，寫盡了人世的繁華如夢、森羅萬象。作者用他的所感所悟，秉持一顆慈悲之心，把離苦得樂的情懷寄托於文字之中。通篇來看《紅樓夢》，曹雪芹是以"夢"和"幻"來樹立此書主旨，在這個主旨框架的基礎上，大多通過小說人物業力的破壞離散來闡述愛別離苦的無常人生。

所謂愛別離苦，包括自己與親人別離的痛苦，這種苦在《紅樓夢》中處處可見。元妃省親可謂《紅樓夢》中最爲繁華的一回，但是在這繁華之中，你會慢慢發現，有一種落寞和痛楚時隱時現。如小說第十八回有這麼一段描寫：

（元妃，即賈元春）又隔簾含淚謂其父曰："田舍之家，雖齏鹽布帛，終能聚天倫之樂；今雖富貴已極，骨肉各方，然終無意趣。"賈政亦含淚啓道："臣，草莽寒門，鳩群鴉屬之中，豈意得征鳳鸞之瑞。今貴人上錫天恩，下昭祖德，此皆山川日月之精奇、祖宗之遺德鍾於一人，幸及政夫婦。且今上啓天地生物之大德，垂古今未有之曠恩，雖肝腦涂地，臣子豈能得報於萬一！惟朝干夕惕，忠於厥職外，願我君萬壽千秋，乃天下蒼生之同幸也。貴妃切勿以政夫婦殘年爲念，懣憤金懷，更祈自加珍愛。惟業業兢兢，勤慎恭肅以侍上，庶不負上體貼眷愛如此之隆恩也。"賈妃亦囑只以國事爲重、暇時保養、切勿記念等語。

在尋常百姓家看來，賈元春嫁到皇宮，并且做了貴妃，是多麼可望而不可求的事情。元妃回來省親的時候，排場相當氣派奢靡，聲勢浩大，鑼鼓喧天，但是在這種大排場的場面中，你又無法不因封建的儀軌而感到壓抑。元妃好不容易從深宮回來，祖母、父母、親戚們見到她却只能在一處候命，而她自己也不能上前，多麼可悲！這對於元妃而言，真如萬箭穿心般痛苦。

一入宮門深似海，或許別人羡慕賈家出了一個貴妃，但元妃見到親人們却説出了實話。她説當年把她嫁到那個見不得人的地方，在給賈家帶來榮耀的同時，也嘗盡了皇城深宫的哀傷。

元妃期盼著與日夜思念的親人相見，但是相見後，因爲身份的尊卑之別，又不得不遵守皇家的禮儀。當談及家長里短，尋常人家的親情時，元妃表露出在長輩跟前承歡膝下、共享天倫之樂的那份向往。可是，元妃想和親人們感受親情的願望却被父親開口一番論孔孟之道、啓天地生物之德、萬壽千秋之業的"官方話"給打到九霄雲外。元妃在深宮中與親人分隔，而今雖然有機會和親人相見，却只能遠觀而不可親近。元妃的這種備受皇權束縛和家庭責任的雙重壓制，把人生在世的愛別離苦、繁華背後的落寞和無奈演繹到了高峰。

《佛説五王經》云："何謂恩愛別苦？室家內外，兄弟妻子，共相戀慕，一朝破亡，爲人抄劫，各自分張，父東子西，母南女北，非唯一處，爲人奴婢，各自悲呼，心內斷絶，窈窈冥冥，無有相見之期。"這部經書的恩愛別苦和《大般涅槃經》中的愛別離苦是一個性質的，只不過在《大般涅槃經》的基礎上，把愛別離苦的諸多現象列舉出來，直達有情眾生的內心深處。

《紅樓夢》這個大舞臺，也展現出"室家內外，兄弟妻子，共相戀慕，一朝破亡，爲人抄劫，各自分張"的悲苦現象，而且這種愛別離苦的敘事思想從頭到尾貫串於《紅樓夢》全書。

林黛玉前世以還淚之說投胎到人間，今生與寶玉百般糾纏。相聚時，黛玉哭；離別時，黛玉也哭。黛玉是因愛生憂，因愛生怖，才會有這樣的舉動，而前世的情債使得寶玉也是如此。

在第五十七回，紫鵑爲了試探賈寶玉對林黛玉的情意，就編了一個謊言。"紫鵑道：'在這裏吃慣了，明年家去，那裏有這閒錢吃這個。'寶玉聽了，吃了一驚，忙問：'誰？往那個家去？'紫鵑道：'你妹妹回蘇州家去。'寶玉笑道：'你又說白話。蘇州雖是原籍，因沒了姑父姑母，無人照看，才就來的。明年回去找誰？可見是扯謊。'"

賈寶玉最見不得林黛玉離開，即使是林黛玉在他面前天天哭啼、日日打鬧，對於賈寶玉而言都是歡喜在心中，但是聽到林黛玉要離開的消息，起初賈寶玉的反應讓晴雯摸不著頭腦。"晴雯見他呆呆的一頭熱汗，滿臉紫脹，忙拉他的手，一直到怡紅院中。襲人見了這般，慌起來，只說時氣所感，熱汗被風撲了。"

對於賈寶玉而言，那個讓他樂也好、氣也罷的林黛玉妹妹，是他心頭上的一塊肉。這塊肉不在了，比殺了自己還要痛苦。接下來李嬤嬤向寶玉脈門摸了摸，嘴唇人中上邊著力掐了兩下，掐的指印如許來深，他竟也不覺疼，可見紫鵑的這次試探對寶玉而言，是莫大的打擊，一舉引發了寶玉"痴狂"的傻病。

當賈母得知賈寶玉"病"得不輕之後，就拿紫鵑問話。"誰知寶玉一把拉住紫鵑，死也不放，說：'要去連我也帶了去。'眾人不解，細問起來，方知紫鵑說要回蘇州去一句頑話引出來的……正說著，人回：'林之孝家的單大良家的都來瞧哥兒來了。'賈母道：'難為他們想著，叫他們來瞧瞧。'寶玉聽了一個'林'字，便滿床鬧起來，說：'了不得了！林家的人接他們來了。快打出去罷！'賈母聽了，也忙說：'打出去罷。'又忙安慰說：'那不是林家的人。林家的人都死絕了，沒人來接他的。你只管放心罷。'寶玉哭道：'憑他是誰，除了林妹妹都不許姓林的。'"

看到寶玉痴傻的舉動，我們不免會覺得過於誇張，完全像是一個任性到極點的小孩子。然而，曹雪芹塑造的賈寶玉這個人物形象，正是一個十幾歲的孩子。曹雪芹對賈寶玉純真的內心世界的一系列描寫，賦予了他人性美。同時，通過對紫鵑編造林黛玉即將離別的謊言這一情節的設置，以及對賈寶玉因愛生憂、因愛生怖的情感刻畫，深刻地體現了佛教經典中眾苦之一的愛別離苦。通過寶玉這個形象以情喻苦，讓人眼前一亮。同時也把佛教教理的文化領域擴展到文學版塊，將佛教文學的教義通過《紅樓夢》這本書中的世間法來體現，也讓我們認識到大乘佛法的"佛法在世間，不離世間覺"的入世思想。

王夫人、林黛玉和晴雯的怨憎會苦

一提到晴雯，我想很多人都會想到晴雯撕扇的舉動。很多人給晴雯"心比天高，身爲下賤，風流靈巧招人怨"的評價，完全是基於晴雯不拘禮教、向往自由的性格。

《紅樓夢》一書，不同年齡的人看都會有不同的人生感悟，這或多或少都與我們的所見所聞、所悟所感有關。兒時讀晴雯的故事的時候，我的觀點和很多人一樣，認爲晴雯是一個桀驁不馴的女子，小性子使其僭越了自己的身份。但是隨著年齡的增長，我對晴雯這一角色的看法也發生了很大的變化。

晴雯這樣一個真性情的女子，她的遭遇和出身背景值得我們去包容，而不是去同情。要瞭解晴雯，首先要瞭解這個女子的身份。晴雯是服侍賈寶玉的四個大丫鬟之一，十歲那年被賈府的奴僕賴大買來，成了賴大的奴僕。賴大本身就是賈府的奴僕，這樣一來晴雯就成了人下人。可以想象，一個十歲的女孩子在那個時代的如此遭遇，較之我們現在的生活環境，是多麽痛苦不堪。但是晴雯還是有造化的，因得賈母的喜愛，賴嬤嬤就把晴雯作爲討賈母歡心的禮物送給了賈母，賈母欲以晴雯爲寶玉的妾，便將她給了寶玉作爲房內的丫鬟。晴雯口齒伶俐、聰明靈巧。然而，這樣一個好姑娘爲何却成爲王夫人眼中釘，務必要鏟之而後快呢？

我們再來瞭解王夫人。王夫人是賈政之妻、王子騰的妹妹，和薛姨媽是一母所生，是元春和寶玉的生母，在賈府深得賈母的信任，有一定的實權在手。王夫人平日吃齋念佛，在衆人眼裏是出了名的大好人，但是在"檢抄大觀園"的時候，王夫人的舉動却表現得極爲醜惡。這樣一位吃齋念佛的"善人"，曾因怒而害死了金釧和司棋。

如果說金釧因爲和寶玉調笑，司棋因爲和潘又安的私情而被逐出門外是理所應當，那麼王夫人在晴雯身上下如此大的功夫，一心想攆晴雯出門的原因又是什麼呢？

在佛教所說的人生衆苦中，有"怨憎會苦"之說。怨憎會苦，謂常所怨仇憎惡之人，本求遠離，而反集聚。晴雯和王夫人正是本求遠離却相聚到一塊，真是"不是冤家不聚頭"。但是王夫人一向很少關注晴雯，爲何突然對晴雯這般不待見呢？王夫人爲攆晴雯走人，做出這般大的舉動到底是給誰看的呢？

在封建社會，特別是在大家族中，向來是"母憑子貴"，所以王夫人是極其疼愛賈寶玉的。如第三十三回中，因金釧跳井之事賈政遷怒於寶玉，一氣之下怒打寶玉。"王夫人連忙抱住，哭道：'老爺雖然應當管教兒子，也要看夫妻分上。我如今已將五十歲的人，只有這個孽障，必定苦苦的以他爲法，我也不敢深勸。今日越發要他死，豈不是有意絶我！既要勒死他，快拿繩子來先勒死我,再勒死他。我們娘兒們不敢含怨,到底在陰司裏得個依靠。'"

在第三回中,林黛玉初次見王夫人,王夫人便告知林黛玉她有一個禍根孽胎的兒子,叫林黛玉不必多去理會。而林黛玉呢,第一次見賈寶玉,就鬧出事兒來了。因林黛玉和眾人都沒有通靈寶玉,只有賈寶玉有,惱了賈寶玉,當場摘下了那命根子似的玉往地上摔。雖然賈母以女兒家不招搖爲理由説林黛玉也有玉,才平息了賈寶玉發狂,但這事兒一鬧,豈能瞞得過愛子心切的王夫人?

第一次不打緊,類似的事情在寶玉和黛玉之間曾多次發生。第二十九回中,寶玉和黛玉鬧彆扭,病怏怏的黛玉又是哭又是吐的,氣得寶玉只能砸玉。這玉豈是兒戲?它是寶玉出生時嘴裏銜著的,很多現象説明寶玉的生死是離不開玉的,似乎是玉在人在,玉丢人亡,寶玉和玉是禍福相依的。如今寶玉却因爲黛玉而多次摔玉,王夫人心中難免有些想法,畢竟寶玉是她心頭的一塊肉。但是黛玉是賈母的外孫女,又深得賈母愛憐,王夫人只能咽下這口氣,而黛玉也難免在王夫人心裏留下嫌隙。

對於這一次的寶玉摔玉,賈母和王夫人都是心如明鏡的,知道是寶玉、黛玉兩人在耍性子,但還是把責任推到襲人和紫鵑兩人身上,氣得賈母只能説寶玉和黛玉二人"不是冤家不聚頭"。按理説以王夫人的地位和智慧,豈是林黛玉這個弱女子可以抗衡的?王夫人不追究林黛玉的責任,難道只是因爲林黛玉是賈母的外孫女,是賈母心頭肉的緣故嗎？在第五十七回中，黛玉的貼身丫鬟紫鵑爲試探寶玉對其主人的真情，編了幾句謊話，結果寶玉被紫鵑的一席話唬得魂不守舍，痴痴呆呆差點一命嗚呼。就此一事，王夫人看出了林黛玉在賈寶玉心中的分量。因愛子心切，王夫人也不願意割愛寶玉心尖上的人，看到兒子爲此傷心傷身，便只能隱忍著。但是忍字頭上一把刀，因此王夫人在心底"怨"兒子寶玉的痴傻，"憎"林黛玉這個外親的桀驁不馴以及林黛玉對寶玉的多加刁難和不順從。

林黛玉，這位有著傾城容貌兼曠世詩才的女子，多愁善感，愛使小性子又體弱多病，讓寶玉多次難堪和生氣，但是兩個人又像是魚和水那般親密不可分離。作爲主子，有這樣的性格，當然沒有人敢正面直說，就連王夫人這樣的人物都要隱忍幾分，更別提他人了，如果換成是丫鬟如此，可想而知會有什麼樣的後果，但偏偏晴雯正是這樣的性格。

伶牙俐齒、剛强不屈、天生一副傲骨的晴雯，是一個不折不扣的據理力爭、不阿諛奉承、不趨炎附勢之人，只可惜偏偏生錯了年代和身份。從晴雯撕扇子發泄和大觀園反檢抄這兩個故事中，我們看到了一個不因身份卑微而低三下四，有著錚錚傲骨的强女子。愛憎分明的她敢於直言批評襲人的不是，這一點與林黛玉非常相似。不同的是，一位是小姐，一位是丫鬟。就這一點完全可以區分晴雯和黛玉的資本和後臺。王夫人和晴雯正面來往在《紅樓夢》中總共三回，却讓王夫人大費周章地盤算著把晴雯給攆走，這裏面的原因歸根是王善保家的在王夫人面前進讒言，指出晴雯妖妖調調不成體統。王夫人極怕寶玉被這種"小蹄子"勾引壞，打算去會一會晴雯，不料見到晴雯"釵軃鬢鬆，衫垂帶褪，有春睡捧心之遺風"。這不免勾起了王夫人的火兒來。在《紅樓夢》第七十四回寫道：

　　王夫人一見他釵軃鬢鬆，衫垂帶褪，有春睡捧心之遺風，而且形容面貌，恰是上月的那人，不覺勾起方才的火來。王夫人原是天真爛漫之人，喜怒出於心臆，不比那些飾辭掩意之人；今既真怒攻心，又勾起往事，便冷笑道："好個美人！真像個病西施了……"

　　"形容面貌恰是上月的那人"，"那人"是誰？在這裏不用多說就知道是林黛玉。"心較比干多一竅，病如西子勝三分"，這"病西施"說的正是林黛玉。捧心西子病態美能不讓王夫人上火嗎？王夫人不斷地用"病西施""那輕狂的樣兒""一年之間病不離身"來痛斥晴雯，這一字一句不正是在背著說林黛玉嗎？

　　剛直不屈、任性傲慢、清高叛逆的晴雯和林黛玉極爲相似，王夫人從晴雯身上看到了林黛玉的影子。王夫人這樣大費周章地攆晴雯，其實在她內心深處最想攆走的是林黛玉，但是礙於賈母、寶玉這層關係在裏面，王夫人對林黛玉只能忍氣吞聲。

　　王夫人將對林黛玉的"怨憎"和無可奈何轉移到晴雯身上，而且王夫人攆晴雯走的時候，以一年到頭病不離身，得了女兒癆爲由，完全冤枉因半夜賞月受涼而得了小風寒的晴雯。我們也知道，林黛玉從幼年時便吃藥，從未間斷，天生的內症使其經受不起一點風寒。而王夫人不斷以"病"爲由來鏟除晴雯，其實背後影射的就是林黛玉，晴雯可以來說是林黛玉的替罪羊。

其實王夫人討厭林黛玉在二十八回中有著明顯的體現：

王夫人又道："既有這個名兒，明兒個就叫人買些來吃。"寶玉道："這些都不中用的。太太給我三百六十兩銀子，我替妹妹配一料丸藥，包管一料不完就好了。"王夫人道："放屁！什麼藥就這麼貴？"

這"放屁"二字，足以見得王夫人動怒不是因爲藥價，而是由於對林黛玉的不滿和嫌棄。

王夫人和林黛玉、晴雯和王夫人可謂是所不愛者而共聚集。因爲王夫人過於疼愛兒子賈寶玉，對林黛玉又無可奈何，才會把一切的"怨憎"從林黛玉身上轉移到晴雯身上，上演了一出怨憎會苦的悲劇。

虛空幻境，賈瑞的求不得苦

一提到賈瑞，似乎他給每一位讀者的印象都是下流。賈瑞這號人物，如同薛蟠一樣，讓人非常討厭，因爲他們的所作所爲違背了道德觀念。但是，當我們細細瞭解賈瑞的背景後，又發現賈瑞這個角色的人性色彩是比較濃厚的。在道德觀念中，我們常常把事物分爲正與邪、對與錯、善與惡、美與醜、是與非，往往將事物劃分爲兩個極端。但是在這世間絕大部分事物都存在於人性的中間地帶，這個中間地帶把那些所謂的正與邪、對與錯、善與惡、美與醜、是與非的輪廓消融了，剩下的就是包容。

賈瑞也是可憐之人，父母早亡，只能和祖父賈代儒相依爲命。可以想象賈瑞的童年是多麽的不幸。賈代儒身上的擔子不僅僅是要教育好賈瑞，更要告慰賈瑞雙親的在天之靈，同時也希望賈瑞能夠金榜題名光耀門楣。第十二回中就有明白的交代："那代儒素日教訓最嚴，不許賈瑞多走一步，生怕他在外吃酒賭錢，有誤學業。"

説到賈代儒對賈瑞的管教，我不由自主地想到賈寶玉。賈寶玉在大觀園時，絕對是脫了韁的馬兒，爛漫自由。而到了父親面前，賈寶玉便低頭懼怕，生怕父親開口論孔孟，還有沒完沒了的教育和打罵。相對賈瑞而言，賈寶玉是一個幸運兒，因爲在賈寶玉的家庭中，雖然有父親的疾言厲色，但也有賈母等衆人的寵愛，而賈瑞沒有。

二十來歲的賈瑞，每天面對的就是孔孟之道的書籍，又擔負著家業復興的重任。這些封建管制一直壓抑著他在那個年齡段强烈萌發的各種意識。年少輕狂、精力旺盛是處於那個年齡段的人的特徵，偏偏賈瑞又耗上了王熙鳳這個要命的主兒。

一邊是禁欲的祖父，一邊是設套的王熙鳳，賈瑞對王熙鳳的愛慕可謂是百爪撓心了。而王熙鳳爲了整治賈瑞，以假言引賈瑞上鈎，用欲擒故縱的招數來哄騙單純愚笨的賈瑞，將他玩弄於股掌之中。

賈瑞第一夜夜會王熙鳳，被王熙鳳耍得在寒冬的深夜裏凍了一夜。當祖父知道後，以封建的暴力教育方式對賈瑞又打又罵，然後又讓賈瑞在寒風獵獵的大院裏跪著補習功課。可憐的賈瑞一邊凍得哆嗦，一邊讀著道德倫理之書。有些東西往往越是得不到就越是想得到，甚至會不惜一切代價。賈瑞就是這樣，面對祖父的體罰卻不知悔改的他還敢再找王熙鳳，不料又被王熙鳳蒙騙，於是又一次在寒冬的夜晚中在外受凍，不僅如此，還被人潑了一身屎尿，並由此一病不起。

賈瑞這病其實病得也挺有意思的，第十二回寫道：

那賈瑞此時要命心甚切，無藥不吃，只是白花錢，不見效。忽然這日有個跛足道人來化齋，口稱專治冤孽之症。賈瑞偏生在內就聽見了，直著聲叫喊說："快請進那位菩薩來救我！"一面叫，一面在枕上叩首。眾人只得帶了那道士進來。賈瑞一把拉住，連叫："菩薩救我！"那道士嘆道："你這病非藥可醫。我有個寶貝與你，你天天看時，此命可保矣。"說畢，從褡褳中取出一面鏡子來，兩面皆可照人，鏡把上面鏨著"風月寶鑒"四字，遞與賈瑞道："這物出自太虛幻境空靈殿上，警幻仙子所製，專治邪思妄動之症，有濟世保生之功。所以帶他到世上，單與那些聰明傑俊，風雅王孫等看照。千萬不可照正面，只照他的背面，要緊，要緊！三日後吾來收取，管教你好了。"說畢，揚長而去，眾人苦留不住。

這病借跛足道人之口指明是冤孽之症，非藥物可以醫治，常言道"心病還需心藥醫"，難道賈瑞得病並不是因爲深夜在外受凍所致？不是沒有這個可能，真正導致賈瑞一病不起的緣故還是賈瑞對王熙鳳可望而不可即的情欲苦痛。

在諸苦中，求不得苦最讓人錐心，不能如願、不得所欲的苦痛是衆苦的根本。世間一切事物，心所愛樂者，求之而不能得，故爲求不得。王熙鳳就是賈瑞苦苦追求付出一切所不能得的。所以跛足道人說賈瑞的病非醫藥可醫治，需要用他的"風月寶鑒"才有效，但是唯一的要求就是賈瑞務必要看鏡子的反面，不可看鏡子的正面。

鏡子的功效就是專治邪思妄動之症，有濟世保生之功，這鏡子不正是病入膏肓的賈瑞所需要的嗎？賈瑞按照道人的說法去做，可一看鏡子的反面，却是骷髏頭，嚇得賈瑞罵道人是混賬東西。但是賈瑞偏偏按捺不住自己的好奇心，非得知道個究竟——去照一照鏡子的正面。正面的鏡子裏是王熙鳳婀娜的身影，在鏡子裏賈瑞可以看到自己與王熙鳳進行男女之愛、周公之禮，自然是歡喜自在。一面是恐懼，賈瑞自然不願意看到；另一面是和王熙鳳一番雲雨，自然是彌補了賈瑞欲求不得的缺憾，最終精盡人亡。

在佛教有這麼一則故事，雲水僧文道久聞慧薰禪師的道風，便跋山涉水到禪師居住的洞窟前。第二天早晨，慧薰禪師早起煮粥，因爲洞中沒有多餘的碗，慧薰禪師便隨手從洞外拿了一個骷髏頭骨作爲碗給文道盛粥，文道疑惑不肯接受。慧薰禪師說："你無道心,非真正爲法而來,你以淨穢和憎愛的妄情處事接物,如何能得道呢?"

人活在當局中,善與惡、是與非、得與失、淨與穢成爲我們衡量事物的標準,真正的面目,不思善、不思惡,不在淨、不在穢,僧人文道見到骷髏頭如此,平凡人的賈瑞亦是如此。

賈瑞這樣一個極其可恨的人,著實是無比的可憐,縱然有道人的救度點化,却也於事無補。賈瑞在鏡子正面的所作所爲,無不是鏡裏觀花所求不得的折射。從另一個角度來看,賈代儒的家教是多麽的不堪。在這個悲劇刑場的人生中,在這種文化時代的背景壓制下,賈瑞的人生就是一場虛空幻境,一個因爲在現實生活中所求不得而遭遇種種苦難的人,寧願沉迷於夢幻虛象,也不能做到用鏡子來反觀自己的內心世界,這是一件多麽讓人悲憫的事情。然而,我們看清楚這一切之後,或許可以淡淡地一笑,包容地看待賈瑞,或許也可以從其"所求處求不得"的反面教材中得到人生的智慧。

趙姨娘和賈環,可憐之人的怨憎之苦

但凡可憐之人,必有可恨之處。《紅樓夢》中的每一個負面角色,曹雪芹都會以一種超然的寫作角度去挖掘這個角色的另一面,不管是與非、善與惡,還是正面與負面,曹雪芹都會從"魔"的角度帶出"佛"的慈悲。

何爲慈悲？慈愛衆生並給予衆生快樂稱爲慈；感同身受於衆生的痛苦，憐憫衆生，拔除衆生之苦稱爲悲。在《紅樓夢》中，最能體現曹雪芹慈悲之心的角色就是賈環和趙姨娘這倆母子。

人的劃分有很多種，在《紅樓夢》中也是如此，比如你可以按照尊卑劃分，也可以按照輩分劃分，或者按被重視的人群和被冷落的人群劃分。但是在這種劃分的區別下，往往我們會忽略一群人，即被邊緣化的人群。

在《紅樓夢》的人群中，趙姨娘和賈環母子倆就屬於這類人群。他們雖是主子却身如下人，雖是尊貴之身却被別人看低，其實他們已經被邊緣化了。雖然他們成了大衆讀者批評的對象，但是在他們的生活背後，往往被人們忽略了很多。

在封建大家族裏，女人地位的尊卑劃分中有"母憑子貴"之説。而對於趙姨娘來説，"母憑子貴"之説完全是痴人説夢。趙姨娘是賈政之妾，生了個庶出的兒子賈環，人前人後都不得臉兒，女兒探春又不肯認她這個娘，就連府裏的下人都可以和她頂嘴，可見這主子不得勢，日子過得比奴才還難受！

在《紅樓夢》中，邢夫人曾勸過鴛鴦説："你過了門，過個一年半載，生個小子，就跟我比肩了。"其實，盡管趙姨娘爲賈家添上賈環這個男丁，但是寶玉的存在注定了趙姨娘和她的兒子賈環永無翻身的可能，賈寶玉的嫡出身份永遠壓著賈環的庶出身份。盡管賈環在賈家有世襲爵位的第二繼承人的資格，但是豪門深宅的鬥爭，把趙姨娘和賈環一步一步推向了命運的深淵。

賈環兒時的成長，心理上一系列的變化完全受到趙姨娘身份的影響。在我們身邊，那些備受冷落、被大家忽視的孩子，往往會有一種不自信，和那些養尊處優的孩子有天壤之別。賈環的母親趙姨娘，因自己在人前不得勢，或多或少會把怨氣撒在賈環身上，罵兒子是"下流沒臉的東西""下流沒剛性的""沒造化的種子，蛆心孽障"。

女人有"母憑子貴"之說，其實兒子也有"子憑母貴"之說。但是在賈環身上，如同他母親的命運一樣，這種說法完全是行不通的。賈環的心中其實也是充滿怨恨的。與賈寶玉對比，賈環深切地感受到庶出和嫡出的差別，這種傷害對於賈環而言是永遠無法彌補的，所以當賈環看到賈寶玉一回家就撲到母親王夫人的懷裏撒嬌時，賈環的內心就生出妒忌和憎恨，這種恨讓賈環推倒油燈，試圖把賈寶玉燙傷。

第二十回寫道：

趙姨娘見他這般，因問："又是在那裏墊了蹄窩來了？"一問不答，再問時，賈環便說："同寶姐姐玩的，鶯兒欺負我，賴我的錢。寶玉哥哥攆我來了。"趙姨娘啐道："誰叫你上高臺盤去了？下流沒臉的東西！那裏玩不得？誰叫你跑了去討沒意思！"正說著，可巧鳳姐在窗外過，都聽在耳內，便隔窗說道："大正月，又怎麼了？環兄弟小孩子家，一半點兒錯了，你只教導他，說這些淡話作什麼？憑他怎麼去，還有太太老爺管他呢，就大口啐他！他現是主子，不好了，橫豎有教導他的人，與你什麼相干？環兄弟，出來，跟我玩去。"

在第二十回中，曹雪芹寫出了趙姨娘和賈環的卑微。賈環和鶯兒下棋，賈環頭一回贏了，心中十分歡喜，後來接連輸了幾盤，便有些著急，最後索性賴皮。鶯兒口內嘟囔說："一個作爺的，還賴我們這幾個錢，連我也不在眼裏。前兒我和寶二爺，他輸了那些，也沒著急。下剩的錢還是幾個小丫頭子們一搶，他一笑就罷了。"

從鶯兒的嘟囔中我們可以看出，雖然賈環是個主兒，但是這個主兒任哪個丫鬟生氣都可發泄在他身上。如果細細品讀鶯兒的話，確實挺讓人寒心的，卑微者的痛苦往往沒有幾個人能理解，這樣的人在這種壓抑和無奈的氛圍中成了眾人遠離的對象，甚至還有可能成爲大家茶餘飯後談笑的話題。賈環反抗的那一句"我拿什麼比寶玉呢！你們怕他，都和他好，都欺負我不是太太養的"，其實也是在爲自己卑微的靈魂做辯護。

賈環的各種表現無形中也襯托了一個人物，就是和賈環同父同母所生的姐姐探春。探春出生之後就由王夫人來撫養，在這個大家族中也算是受大家尊重的人物，就是因爲母親趙姨娘的卑微身份，探春才一直不肯認自己的母親。按道理來説，在男尊女卑的封建時代，賈環應該比探春長臉一些，但是在這個大家族的鬥爭中却恰恰相反。也正是因爲如此，我們從人性的背後感慨於賈環的生不逢時。

如鶯兒所說，作爲一個爺，賈環爲何會爲這點錢而耍賴呢？其實並不是賈環的人品問題，而是周遭環境讓他展現不出作爲一個爺的闊氣。趙姨娘在人前不得臉，作爲主人還要幹雜活，比如打簾子、搬坐墊之類，這完全是因爲身份卑微、月例銀子拮据。由此可見，在某些方面主人不得勢，日子過得比奴才還要難受。

對於趙姨娘而言，兒子的不爭氣、女兒的背棄，在衆人面前爭又爭不到，苦也無處訴，只要是個人，幾乎都可以在她面前翻鼻子瞪眼兒的，使得趙姨娘的內心世界裏充滿憎恨。身在名利場中的趙姨娘是不得不爭，在這個爭鬥的過程中，怨憎之心就像一團火一樣熊熊燃燒，把趙姨娘的人生推向了烈焰煎熬般的痛苦中。

曹雪芹爲了刻畫趙姨娘的處境，在賈環身上用了很多筆墨。正所謂母子榮辱一體，賈環的處境也就是趙姨娘的處境，從賈環身上能投射出趙姨娘的痛苦，從趙姨娘的痛苦中能看到賈環的自卑。在第二十五回中，曹雪芹以描寫賈環的舉動和內心活動爲主，使一個卑微者的人生躍然於字裏行間。

可巧王夫人見賈環下了學，命他來抄個《金剛咒》唪誦。那賈環正在王夫人炕上坐著，命人點上燈燭，拿腔作勢的鈔寫。一時又叫彩霞倒杯茶來，一時又叫玉釧兒來剪剪蠟花，一時又說金釧兒擋了燈影。衆丫鬟們素日厭惡他，都不答理。只有彩霞還和他合的來，倒了一鍾茶遞與他。因見王夫人和人說話,他便悄悄的向賈環說道:"你安些分罷。何苦討這個厭那個厭的。"賈環道:"我也知道了。你別哄我。如今你和寶玉好,把我不答理,我也看出來了。"彩霞咬著嘴唇,向賈環頭上戳了一指頭,說道:"沒良心的!狗咬呂洞賓,不識好人心。"

在這裏最有意思的四個字就是"拿腔作勢"。這是一個極具貶義色彩的詞語,但是通過曹雪芹這一系列的描寫,這四個字極具佛心禪意。大家族出身的曹雪芹,竟能把卑微者分析得如此透徹,如果沒有悲憫之心,是很難將眾生的美醜兼容的。我們且看賈環這前前後後的舉動,讓人點燈,然後又讓人倒茶,又讓丫鬟剪蠟花,再折騰到說別人擋了燈影。讀到這裏,你可能會認爲賈環是一個很難纏的人,是那種給點甜頭就鬧騰的小人物。這裏需要我們細細地看,才能看出這些卑微者的痛苦之處。

一向對賈環不怎麼關注的王夫人爲何讓賈環鈔寫經文?這一點值得深思。如果細讀就會發現,在賈環和王夫人之間少了寶玉,王夫人才會注意到賈環,才會對其流露出自己的母性。相比賈寶玉而言,王夫人對賈環的母性微不足道,但是對於賈環而言,這已經是畢生不可多得。在此刻,賈環忽然有了少爺的感覺,填補了他昔日內心情感世界的欠缺,所以賈環按捺不住內心的激動,開始擺起了少爺的架子。我想大家都聽過"狐假虎威"的故事,而賈環此刻的舉動完全是王夫人的母性給助的威。賈環見自己的少爺舉動没人答理,於是把氣發泄到丫鬟彩霞身上,說:"我也知道了。你別哄我。如今你和寶玉好,把我不答理，我也看出來了。」由此可見賈環的內心世界是多麼的卑微。一個卑微者，會時時刻刻在內心世界建立一道牆來自我保護，即使別人對他好，他也會因爲不自信而去懷疑。

至於後面賈環爲什麼會用油燈往寶玉臉上推，我們還需要看寶玉之前的一系列表現。

（寶玉）進門見了王夫人，不過規規矩矩說了幾句，便命人除去抹額，脫了袍服，拉了靴子，便一頭滾在王夫人懷裏。王夫人便用手滿身滿臉去摩挲撫弄他。寶玉也搬著王夫人的脖子說長說短的。王夫人道：「我的兒，你又吃多了酒，臉上滾熱。你還只是揉搓，一會鬧上酒來。還不在那裏靜靜的倒一會子呢。」說著，便叫人拿個枕頭來。寶玉聽說下來，在王夫人身後倒下，又叫彩霞來替他拍著。寶玉便和彩霞說笑，只見彩霞淡淡的不大答理，兩眼睛只向賈環處看。

在這裏，寶玉與生俱來的少爺架子被描寫得活靈活現。首先是命人除去抹額、脫袍服、拉靴子，然後又一頭"滾"在王夫人的懷裏。這個"滾"字用得極好，像小孩玩的彈珠一般可愛，這從側面反映出寶玉和賈環的年齡。賈環見到此情此景，不免觸動內心的傷痛。曹雪芹把這一段文字寫活了，寫出了賈環內心的向往。對於賈環而言，寶玉的這般舉動，他也只能在腦海里想想，沒想到如今成爲現實，但是扮演這個角色的不是自己，而是寶玉。賈環是羡慕寶玉的，但是極度的羡慕會造成妒忌，妒忌的陰霾會讓一個人心中生出怨恨，所以此刻的賈環是想報復賈寶玉的，於是就有了後來用蠟油燙傷寶玉的舉動。

眾生之苦的怨憎會苦，《佛說五王經》云："世人薄俗，共居愛欲之中，共諍不急之事，更相殺害，遂成大怨，各自相避，隱藏無地，各磨刀錯箭挾弓持杖，恐畏相見，會遇迮道相逢，各自張弓澍箭，兩刀相向，不知勝負是誰，當爾之時，怖畏無量。"趙姨娘和賈環共居愛欲之中，共諍不急之事，更相殺害，遂成大怨，上演著怨憎會苦的人生悲劇。

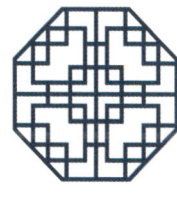

第四章 《紅樓夢》曹雪芹的佛教包容心態

- 賈雨村,歷史上那些文人的"歸隱文化"
- 《紅樓夢》那些隱藏的佛教人性包容
- 賈寶玉,每個人內心的底色
- 賈環,佛說智者平等看萬物
- 每個人都有存在的理由,知心則知衆法
- 賈寶玉的包容與慈悲

画梁塵惹畫屏香塵
擅許情事月觀
便是敗家不根本
箕求衣頻墮皆從敬
家事消亡首罪寧
宿孽總因情

天目迂人丙申夏
於仁王山

賈雨村，歷史上那些文人的"歸隱文化"

一提到文人墨客，許多人就會聯想到他們坎坷的人生。記得在兒時，每每學到新唐詩或者文言文，老師就會講到作者坎坷的人生道路。我曾多次質疑：爲什麼歷史上那些人生道路坎坷的人往往都是做學問的？這個問題其實到現在我還不敢給出肯定的答案。

賈雨村就是這樣的一個人物。賈雨村給人的第一印象非常潦倒，寄居葫蘆廟內的一個窮儒，居無定所，一副窮酸樣，給人一種"百無一用是書生"的感覺。曹雪芹描寫賈雨村的角度是非常特別的，首先通過甄士隱的夢境帶出了這麼一號人物，然後從甄士隱府中丫鬟的眼中來描述賈雨村。

《紅樓夢》第一回中寫道："那甄家丫鬟掐了花，方欲走時，猛抬頭見窗內有人，敝巾舊服，雖是貧窘，然生得腰寬背厚，面闊口方，更兼劍眉星眼，直鼻權腮。"在古代的封建禮儀上，女子和男子之間向來是"授受不親"，女子更不能和男子私相授受，所以丫鬟看到這裏不免急忙轉身迴避。丫鬟的舉動雖然是拘謹的，但內心的活動還是不受約束，"這丫鬟忙轉身迴避，心下乃想：'這人生得這樣雄壯，却又這樣襤褸，想他定是我家主人常說的什麼賈雨村了，每有意幫助周濟，只是無甚機會。我家並無這樣貧窘親友，想定是此人無疑了。怪道又說他必非久困之人。'如此想，不免又回頭兩次。"

曹雪芹通過丫鬟的所見，"敝巾舊服""腰寬背厚，面闊口方""劍眉星眼""直鼻權腮"，使賈雨村的整體形象躍然於紙上，他的相貌、衣著、地位、出身、背景、經濟現狀、生存方式等，都毫無保留地呈現在讀者面前。這樣詳盡的介紹，仿佛賈雨村就是生活在我們身邊的一個人。但是這樣還不夠，賈雨村想到平生抱負苦未逢時，便感慨道："玉在櫝中求善價，釵於奩內待時飛。"這就將賈雨村理想與抱負表現出來，爲後來賈雨村進京求取功名、再整基業埋下伏筆。

其實很多文人的遭遇是值得我們嘆息和同情的，如同文中的賈雨村一般。有時候現實往往就是這樣，天妒英才，讓有一腔熱血之人無處實現自己的人生價值，所以很多文人或選擇歸隱寺院，伴隨經書古卷；或歸隱田園，過著農桑平民生活；或歸隱山林，做一個隱士。

雖然曹雪芹在字裏行間未有提及，但是從賈雨村居住的地方來看，對於賈雨村而言，寺院或許也算是一個可讓心靈得到慰借的地方。這樣一個"清淨"的地方，也是隱居過渡的上好選擇。

傳統文人對隱居有三種定義：小隱隱於野，中隱隱於市，大隱隱於朝。有些人看破紅塵，遠離社會，在深山野林中躲避世間的煩惱，這是小隱；有些人不單單是依戀田園生活的寧靜，而是在繁華喧鬧之地完成自我的沉澱，依然清淨無爲，這是中隱的境界；而在臥虎藏龍之地依然能處之泰然，救國救民的情懷毫不動搖，才叫真正的大隱，這樣的人才能稱之爲真正的隱士。

大隱類似於禪宗的修行，小乘是不理世俗的一種自我昇華和完善的修行，大乘是身居鬧市，在世間弘法的扶危濟困。然而很多文人是矛盾的，他們既想完成自我升華和完善，又希望自己的一腔抱負在朝野中得到認可，達到扶危濟困的人生目標，所以在兩者的取捨之間，這些文人的"歸隱文化"帶著幾分半入半出、亦官亦隱，他們徘徊在繁華和清淨、隱世和入世之間。

關於隱，唐朝的文人、士大夫跟別的朝代有所不同。在各朝各代，隱可以說是非常低調的事情，但是唐朝的一些文人、士大夫的隱特別有意思，他們爲了入世才去隱世。唐朝詩人李白就是其中之一。

李白的隱跟北宋梅妻鶴子的林逋不一樣，李白的隱是對世有所不滿，想有一番作爲而隱，李白的隱過於嘩衆取寵，他的隱居目的不純。李白一生曾在很多地方隱居過，如陝西的終南山、河南的嵩山、山東的徂徠山、江西的廬山。既然是隱，李白爲什麼要如此折騰呢？

其實仕途不平的李白，想利用隱居來博得大衆對他的關注，他的隱是唯恐天下不知，直到被玄宗知道後召回入京，李白的隱才顯得有"價値"，李白是爲了入世，才做出"裝腔作勢"的隱世動作。

類似李白這樣的隱，有一個非常有名的典故——終南捷徑。唐代盧藏用隱居在終南山，然後衆人相傳終南山有一位很厲害的人，最後口口相傳傳到皇帝耳朵裏，於是將他召回京中爲朝做官。真正的隱士是不輕易出世的，朝廷一請便出，這不是真正的隱。

魏晉以來，歷史上有不計其數的文人隱居。他們在這種環境中參透世間煩惱，能夠跳出塵世得到解脫，可以説是一件非常幸運的事情。但這其中，有躲避戰亂、躲避朝廷暴政等各種緣由，想想這些有用之人却無用武之地，是多麽可惜且可悲的事情。從另一個角來説，他們的隱又何嘗不是一種苦衷呢？

然而，曹雪芹在第一回中這樣大手筆地介紹賈雨村的背景，且不論該角色後續的發展，絕大部分飽含了作者對自己的人生遭遇和對文人的憐憫和包容。"滿紙荒唐言，一把辛酸泪"這句話就像是一面鏡子一樣，寫出了歷代文人對仕途不順的感慨，是真的隱世也好，是依舊孜孜不倦地追求仕途成就也罷，曹雪芹通過賈雨村這個形象，將文人躊躇滿志的内心世界表現得淋漓盡致。

《紅樓夢》那些隱藏的佛教人性包容

從《紅樓夢》第二回冷子興的言語中，我們得知了寶玉周歲抓鬮的趣事。寶玉周歲時其父賈政"便將那世上所有之物件，擺了無數與他抓取"，没想到周歲的寶玉抓的竟然是遠處的脂粉釵環，不禁讓父親賈政勃然大怒，覺得兒子必不成大器，是酒色之徒。從寶玉抓鬮我們就能看出他一生的命運將是如何。在小説的第二回中，賈雨村和冷子興談論賈寶玉的時候，冷子興說賈寶玉是個奇怪的人，將來是色鬼無疑了。面對冷子興的這般點評，賈雨村的言語更加讓人驚嘆："非也！可惜你們不知道這人來歷。大約政老前輩也錯以淫魔色鬼看待了。若非多讀書識事，加以致知格物之功，悟道參玄之力，不能知也。"

賈寶玉的行爲讓一般人站在傳統的道德觀念角度都會覺得他是淫魔色鬼，然而曹雪芹藉賈雨村之口，以佛教的包容心態對儒家的善惡是非的價值觀提出了不同的看法，整本書也只有賈雨村這麼一個男性的角色站出來爲賈寶玉辯護。

賈雨村提出"天地生人，除大仁、大惡兩種，餘者皆無大异"。這世間上也大概有兩種人，一種是應運而生，一種是應劫而生。同時他也羅列出堯、舜、禹、湯、文、武、周、召、孔、孟、董、韓、周、程、張、朱，這些人物都是道德宣揚者，他們的道德境界，似乎總是可望而不可即。比如大禹治水三過家門而不入，這樣的道德模範架構出一個讓你瞻仰的角度，讓你永遠覺得他們是聖人，這些人都是應運而生的。此外，他還羅列出蚩尤、共工、桀、紂、始皇、王莽、曹操、桓溫、安禄山、秦檜等，這些都是應劫而生、遭道德唾棄的人。

儒家的道德文化觀念常把善與惡、是與非規定得死死的。然而《紅樓夢》不是這樣。在曹雪芹筆下，任何一個角色都會被賦予生存的空間。他把外在的那個"我"，和內心世界的那個"我"在字裏行間表露無遺，如同賈瑞和薛蟠，外在的"他"（大衆對他們的點評）和内在的"他"（他們内心世界的渴求）呈現出不同的面貌。無關人事道德，無關文化背景，曹雪芹以衆生百相、慈悲人生、情仇愛恨、包容和擔待的心態去詮釋這些人的存在。

曾經在某本雜誌上看到這樣一篇文章——《其實你並不想殺人》。文章講述了一個公司的職員因一次失誤殺了人，内心長期的陰霾讓他心理開始扭曲，之後又殺了一個人。在一次受老闆的兒子歧視和侮辱後，這位職員用水果刀將老闆的兒子劫持，警方多方周旋都没有辦法，結果一位記者就語重心長地和他聊天。在聊天的過程中記者説了一句話："其實你並不想殺人！"頓時讓這個職員放下了水果刀，服從了法律的制裁。

其實在我們每個人的内心世界，都曾經有一塊净土不曾被人發現，即使被人發現也渴求受人尊重。就像這個殺人犯，因失誤殺人導致心理扭曲，繼而越陷越深，而記者的一句話唤醒了他的内心世界裏屬於人性本質的真善美，使他回歸了人性的本質，最終讓他放下了屠刀。

在這裏，如果從法律的角度去判斷，這個人做出了影響社會安定的違法的事情；如果用儒家的標準來評判善與惡、是與非，也可以否定這個人的人格。但是記者用佛家包容的心態去詮釋他、理解他，以内心的真善美去唤醒他，讓他認識到本我。與其用善惡去否定一個人，不如抛却外在的因素去瞭解一個真正屬於心的本性。因爲人們往往徘徊在對善的追求和對惡的唾棄之間，這時如果我們貿然去判斷一個人，那麼就可能永遠無法瞭解人性的本質和本色。

《紅樓夢》的作者就是一位呼喚出人性本質——真善美的作家。他通過賈雨村的言語將我們經常忽略的人物都羅列出來，將這些真性情的人一一呈現在我們面前，曹雪芹用佛教的包容心態去詮釋這些人的真我，講述人性的真善美。

看《紅樓夢》，如果你不放下自我，就很難在書中找到本我和自我的存在，更談不上人性深處的真善美。而如果能以空杯心態去閱讀《紅樓夢》，你就會發現在《紅樓夢》中有兩個世界，一個是儒家"敬"的世界，一個是佛家"淨"的世界。

賈寶玉，每個人內心的底色

在《紅樓夢》的儒家世界和佛教世界中，儒家的世界總是躍然於人情練達之上；佛家的世界却是潛移默化地滲透在每個角落，等待有緣人的領悟。比如賈政、賈雨村、薛寶釵、賈代儒這些人，永遠都是儒家世界的人；而賈寶玉、林黛玉、賈環、賈瑞等人則活在不爲人理解的佛家世界，但又不得不被儒家的世界所牽制。

賈政和賈寶玉是父子關係。賈政雖爲人謙卑正直，却失之於迂腐，他在孝敬賈母的同時，也扮演著一個極其嚴厲的父親角色。然而，這個人却是封建時代正統主義的悲劇人物，他既是悲劇的製造者，也是悲劇的受害者。而賈寶玉在父親的批評和臭罵中永遠都是"畜生""該死的奴才"。賈寶玉一看《西廂記》就能倒背如流，面對"四書""五經"，却不管父親如何打罵責罰，永遠都背不出來；他聽到薛寶釵勸說好好學習經濟仕途的學問將來好做官，立馬和薛寶釵翻臉，並說林妹妹從來不說這些混賬話。在封建道德理念中，賈寶玉竟然叛逆地認為"四書""五經"等經濟仕途的學問是混賬話，放在今天也很難讓人理解。

我們或許會經常聽到家長無奈於孩子對補習班的抗議、對網絡遊戲的沉迷。家長們永遠都不懂網絡遊戲的好玩之處，對孩子的舉動也感到費解，在我身邊曾經發生過這樣一件事情。

朋友有一個六歲的兒子，非常調皮淘氣。只要一提到學習或他不感興趣的事情，他就能拖則拖；如果提到遊戲，他就非常興奮，只要一得空，就窩在電腦前打遊戲。他爸媽對他的舉動極其反對却又無奈，雖然經常阻止他玩電腦，但只要稍不留神，這小傢伙就會拿起手機下載手機遊戲繼續玩。不管他爸媽如何設置電腦開機密碼或藏匿手機，用盡一切方法去阻攔，他都會找到相應的解決辦法。有一次，小傢伙的媽媽在客廳多次喚他出來吃飯，都不見出來，最後他媽媽索性進了書房關了電腦，不料發現兒子尿褲子了。一陣驚訝後，媽媽問小傢伙怎麼尿褲子了，小傢伙說："我是很想去廁所尿尿，但是我還沒有殺光敵人，也不知道怎麼尿到褲子上去了！"

孩子這樣的舉動對於我們大人來説是多麼的荒謬，站在大人的角度，我們無法理解孩子對遊戲的痴迷竟然能達到自己尿褲子都不知道的地步。在孩子們的世界裏，好像容不下半點關於大人們的東西。如果大人們一味地侵犯他們的世界，他們會竭盡全力地捍衛自己的領土，這就是他們性情的本質，正如賈寶玉的種種反抗。賈寶玉也有自己的青春世界，父親賈政永遠是那個開口論孔孟的"高人"。如果借他幾分膽，賈寶玉很有可能像罵薛寶釵那樣去責罵父親是"混賬人"，因爲賈寶玉終究還是個孩子，是一個十幾歲的孩子，是一個喜歡在"姐姐""妹妹"的呼唤聲中歡笑嬉鬧的孩子，所以你不能罵賈寶玉是一個不求上進的無能庸才，因爲類似於他這樣的孩子，永遠不是和我們大人在同一個世界。我曾經上過這樣一堂心理課，教授拿出兩張照片：第一張照片是一個小孩在哭，但是他手中拿著自己在笑的照片；第二張照片是一個大人在笑，但是他手中拿著自己在哭的照片。這兩張照片説明了大人和小孩内心底色是不同的，所以曹雪芹在描寫儒家和佛家兩個世界的時候，將每個人顯性的顏色和内心隱性的本色通過不同的人物、環境和文化表現出來。儒家的世界擺明了所謂的道德真理，佛家將明心見性的包容隱藏在字裏行間和人情練達之中。就如賈雨村和甄士隱這兩個角色，前者永遠徘徊在儒家世界的是非黑白之中，成爲悲劇者；後者將得到佛家世界的大喜大自在，成爲逍遥者。《紅樓夢》就是通過這樣的手筆讓你放下左右牽絆的自我，只有放空了自己，才能包容他人。

賈環，佛說智者平等看萬物

《佛說諸法勇王經》云："若有能平等，觀察一切法，如是等人輩，是則名智者。"大概意思是，一個人如果能以平等之心觀察世間諸法，那麼這個人就是一個有智慧的人，愚者往往持己見分別諸法執爲真實，而智者能離分別、能見法之真實。

其實在《紅樓夢》中，人物的好壞、喜悲都是由我們的分別心辨別出來的，然後任意點評述說，批評責罵。在這裏我不是批評大家用愚者的眼光看待問題，而是向大家分享曹雪芹在創作每一個角色的時候，都能賦予每個生命一個精彩的故事，讓這個有故事的生命獨立去完成一個主題，這個主題就是包容和慈悲。

我們在分析每個生命主題的時候，通常都會在別人的故事裏看到自己的經歷，從而認爲這個故事或者這個角色是一個很適合自己的典故。在衆多典故之中，賈環這個人物就是一個讓讀者持己見來分別的角色。

賈環這個人是非常有意思的，他給人的印象永遠都是畏畏縮縮的，完全是個不入流的主兒，他和异母同父的哥哥賈寶玉比起來，完全是天壤之別。賈寶玉是衆人的掌上寶，賈環却落了個招人厭的形象。按理說，賈環在賈家也是正經主子，即便是庶出，但因爲和賈政的這層父子關係，也能順理成章地成爲世襲爵位的第二繼承人。但他爲何却被衆人排斥，甚至下人都可以欺凌到他的頭上呢？

在封建大家族裏，嫡庶尊卑有別，宗法規矩、長幼親疏遠近都像是刻在碑上的字一樣，深深地植入每個人的觀念中。同時，因爲賈環的存在對賈寶玉繼承家業有著潛在的威脅，故王氏姑侄處處貶抑賈環。在這樣一個充滿三六九等、嫡出庶出、親疏遠近、年長年幼的等級制度和宗法制度禁錮的環境中成長，賈環心理扭曲、性格畸形、人格發展悖於常理。

我們現在生活的環境，很難理解嫡出和庶出的差別，很難明白在這樣的大家族裏，母憑子貴和子憑母貴是多麼重要。對於賈環這樣一個十幾歲的小男孩而言，不管是母憑子貴，還是子憑母貴，在這種封建勢力中永遠都無法翻身，因爲他人生的這個坎兒就是"卑微"二字。在這個大家族中分別之心永遠上演著一個家族中人性的悲劇。

在《紅樓夢》第二十二回中，元妃派宮中的太監送謎語到榮府讓大家猜，榮府的小姐少爺們都編了謎語讓太監帶回宮中。當天晚上，元妃派太監把獎品頒賜給大家，唯獨迎春和賈環沒有得到，不僅如此，元妃還批評賈環的謎語根本不通，猜都沒有猜，讓賈環十分難堪。

賈環的謎語是這樣的："大哥有角只八個，二哥有角只兩根。大哥只在床上坐，二哥愛在房上蹲。"據賈環說，謎底一個是枕頭，一個是房脊上的獸頭，我們從謎語的字裏行間來看，確實很符合賈環的性格。"大哥""二哥"的字眼無不透著市井俚俗的味道，但若能用平等的眼光，擯棄之前的成見，賈環的這個謎語就能讓人體會到這個十幾歲少年內心世界的人情冷暖。

"大哥有角只八個，二哥有角只兩根"，不管是現在還是以前，中國老式的枕頭都有八個角之說，很多場合我們都能看到房脊上的獸頭是有兩個角的；"大哥只在床上坐，二哥愛在房上蹲"，原本是兩個互不關聯的物件，卻被賈環"沾親帶故"地寫爲大哥和二哥的關係。房裏坐的是大哥，房外蹲的是二哥，這不正是賈寶玉和賈環的生活寫照嗎？賈寶玉就是溫室裏的枕頭，無論他喜怒哀樂，家族的人都會圍著他轉，享盡了家族的人情溫暖；賈環卻飽受他人的排斥和鄙視，作爲一個"主子"，一飲一啄幾乎都被忽略，就像是房脊上的獸頭，風吹日曬無人問津。

這樣的一個謎語，被和賈寶玉一母所生的姐姐元妃批評得一文不值，不得不說正是人情的分別讓賈環飽受如此的打擊。賈環的形象，是曹雪芹內心對封建宗法的顛覆。從字裏行間我們可以看出，曹雪芹在自己的內心深處以慈悲之心爲賈環爭取一個生命的訴求空間，向讀者呼吁在世事洞明、人情練達之上需有佛性的包容和慈悲的心態。

每個人都有存在的理由，知心則知衆法

我們細看曹雪芹的《紅樓夢》，每個人物的善與惡、是與非之間，總是隱藏著一股力量。這種力量會賦予每位讀者不同的心境和情懷，這種情懷或喜或悲，或憎或怒，或愛或恨，千絲萬縷地交織在一起，只有細細地品味、靜

静地反思，才能知道在每個人物的背後，都有一種值得我們慈悲包容的美，這成爲《紅樓夢》中一道亮麗的風景綫。

曹雪芹藉賈雨村之口，不僅提出了應運而生和應劫而生的兩種人，同時也爲這些人向大衆作一個慈悲的道歉，爲他們的人生再次描上一筆，所以賈雨村之後又列舉一些顛覆性的人物：

若生於富貴公侯之家，則爲情癡情種；若生於詩書清貧之族，則爲逸士高人；縱再偶生於薄祚寒門，斷不能爲走卒健僕，甘遭庸人驅制駕馭，必爲奇優名娼。如前代之許由、陶潛、阮籍、嵇康、劉伶、王謝二族、顧虎頭、陳後主、唐明皇、宋徽宗、劉庭芝、溫飛卿、米南宮、石曼卿、柳耆卿、秦少游，近日之倪雲林、唐伯虎、祝枝山，再如李龜年、黃幡綽、敬新磨、卓文君、紅拂、薛濤、崔鶯、朝雲之流：此皆易地則同之也。

曹雪芹特意把這些人帶出來，讓我們通過不同的人來反思自己，用他們背後的故事來敲醒我們內心深處對美和寬容的向往。

看到賈雨村羅列出來的這些人，我忽然想到了一則佛教的大德故事。

一天晚上，七里禪師正在誦經，突然一個強盜破門而入，用刀挾持七里禪師說："快拿錢出來，否則就要你的命！"七里禪師看著這個年輕的強盜說："請你不要打擾我誦經，錢就在抽屜裏，只不過明天我要交稅款，請不要把錢全部拿光！"

這個強盜依言留下了一點錢，準備離開的時候，七里禪師説："年輕人，你收了別人的禮物，為什麼不説聲'謝謝'？"那個強盜致謝後離開了。不久，強盜被抓落網，在招認自己罪行的時候，交代了自己所盜的人家，包括七里禪師。當七里禪師被叫來對質時，他説："別人我不敢言，但我是自己把錢送給他的，他也已經謝過我了！"這個強盜最終還是被判刑。刑滿釋放後，他立即前來叩見七里禪師，請求禪師收他為徒。

其實我們每個人都有強盜的一面，那就是無知與罪過；同時也有七里禪師的一面，那就是內心深處的慈悲與包容。曹雪芹就是用這樣的兩面來向大家展現佛教的文學美。

曹雪芹列出來的帝王人物有陳後主、宋徽宗等。提到這些人，我們腦海裏第一印象就是，這些人全是亡國主。特別是陳後主，國家即將滅亡時，他還認為與自己毫不相干，在宮廷裏做金色蓮花，讓舞女在蓮花上跳舞。

歷史的輿論從來不會給這些人留下半點慈悲的空間，而是給他們扣上了一頂頂罪孽的帽子，將他們打入十八層地獄，永世不得翻身。現在想想還是非常可怕的，但是又不由得替他們感到無奈和惋惜。在歷史上這麼多敗國的帝王中，我為宋徽宗感到可惜。他是亡國之君，但是按照常理來説本來他是做不上皇帝的，但是他身邊的那些人都死了，所以輪到他做皇帝。他是一個不折不扣的藝術家，書畫方面頗有造詣，同時在文化上也極具貢獻。他是歷史上第一位把皇家的收藏編齣目錄，整理成一個系列，然後傳給下一代的皇帝。在那個年代，宋徽宗這樣的收藏觀念是非常前衛的，他還把藝術引進翰林院，鼓勵繪畫藝術的發展。可這樣的一個藝術才子偏偏坐上了龍椅，後來又成了亡國之君，他在歷史上這一筆是受批判的，於是連同他的藝術也受到了批判和排斥。這樣的一個人物，正是因爲放錯了位置，才成了千古罪人。有時候想想，到底是宋徽宗的錯，還是這個社會看待事物角度的錯？而曹雪芹藉賈雨村之口，把宋徽宗羅列在《紅樓夢》中，極具説服力和可讀性，他將宋徽宗這個既不是大仁大義，又不是大惡大恨，只是因爲政治的失敗而受到批判的人寫在了文字裏，完全流露出人性的真善美。曹雪芹不爲宋徽宗維權，卻讓讀者讀出了宋徽宗的可取之處，這就是佛教包容和慈悲的魅力。

就像一瓶可樂，如果放在超市或者便利店，價格頂多就是幾塊錢；如果放在五星級賓館，價格則可能升到幾十塊錢。如此懸殊的差價，無非就是擺放的位置。可見位置非常重要。宋徽宗就是因爲被放在錯誤的位置，才成爲政壇上的千古罪人，然後那些開口論孔孟的文人騷客人云亦云，更將這個極具傳奇性的人物的人性本質給模糊了，同時也將他的藝術成就否定了。

接著，曹雪芹又舉了唐明皇的例子。這個皇帝更有意思，唐明皇統治的前期，"開元盛世"是歷史上極具分量的一個片段。然而，五十歲後的唐明皇遇到了美女楊玉環，幾乎愛得快要發狂，他和楊玉環開始了一段不爲世人所認可的曠世情緣。然而，後來唐明皇把國家治理得一塌糊塗。從《長恨歌》的"七月七日長生殿，夜半無人私語時。在天願作比翼鳥，在地願爲連理枝"，我們可以看到一位帝王内心的渴求和平凡。唐明皇是政壇上的佼佼者，就是因爲與楊玉環的邂逅，讓自己的國家走向頽廢，而他也成爲因戰争讓百姓家破人亡、妻離子散的千古罪人。有時候想想，萬人之上的帝王竟然連自己的一場戀愛都不能自主，是一件多麼可悲的事情！

如果他不是皇帝，在他人生的晚期遇上楊玉環，可以說是一段佳話。然而，因爲他是皇帝，没有治理好國家，因此被認爲好色昏庸，不管之前的"開元盛世"是如何的鼎盛，輿論總是站在成敗的角度來衡量一個人存在的價值。

曹雪芹把宋徽宗和唐明皇的真性情給羅列出來了，對他們的人生帶著幾分包容和慈悲心態，在指出他們的過失的同時，也看到了他們的閃光點。可以説，曹雪芹是一位知心的藝術家，他筆下雕刻的每一個人，既有其空間感，也有其立體感，他完全能做到了解每個人物心的行相體用。如《勝天王般若波羅蜜經》所云："一切法中，心爲上首。若善知心，悉解衆法。"

萬法唯識，知心識者，即知萬法，這就是《紅樓夢》給大家帶來的包容心態。《紅樓夢》讓佛教的文學美在每

第四章 《紅樓夢》曹雪芹的佛教包容心態

位讀者的内心深處流淌，啓發每一位讀者追求人性本初的善良。

賈寶玉的包容與慈悲

《紅樓夢》讀久了，會讓你覺得自卑。如果人有自卑之心，便會心生懺悔。其實在這世間，最可怕的不是造孽，而是不懂得懺悔。

接下來我們要講關於包容與慈悲的故事，故事就發生在十幾歲的賈寶玉身上。

寶玉在一次聚會中認識了一位戲子——蔣玉菡，幾次交往遂成朋友。寶玉與蔣玉菡兩人之間有比較密切的私交，誰料蔣玉菡也是忠順王府中王爺的心頭愛。忠順王府得知蔣玉菡在賈府，便來賈府尋人……因一個戲子惹出了一段大家門户的笑話。俗語説得好，"福無雙至，禍不單行"，前一陣風波還未平息，後一件事又接踵而至了。一次，寶玉在王夫人身邊和金釧説話，不料被午睡的王夫人聽到，便要攆金釧出去，金釧羞憤難當，一口氣没有提上來便投井自殺了。碰巧忠順王府這時又上門要人，賈政聽説丫頭自殺，便問起此事。賈環乘機背地裹使壞，一口咬定寶玉逼死金釧。賈政氣急敗壞，以光宗耀祖爲訓，讓小厮找來寶玉。一見寶玉，賈政恨鐵不成鋼，再加上這兩件事情一同發生，便將寶玉一頓毒打。

《紅樓夢》在這裏講了兄弟之間挑撥的故事。或許在我們的童年會遇到這樣的事情，爲了某一件事情，挑撥父母打哥哥姐姐或弟弟妹妹。這些都是小孩子過家家的把戲罷了，曹雪芹却寫得如此有生命力。

寶玉挨打後，接下來就有一幫人來看他了。

（寶玉）想著，只聽寶釵問襲人道："怎麽好好的動了氣，就打起來了？"襲人便把焙茗的話説了出來。寶玉原來還不知道賈環的話，見襲人説出，方才知道。因又拉上薛蟠，惟恐寶釵沉心，忙又止住襲人道："薛大哥哥從來不這樣的，你們別混猜度。"寶釵聽説，便知寶玉是怕他多心，用話相攔襲人，因心中暗暗想道："打的這個形象，疼還顧不過來，還是這樣細心，怕得罪了人，可見在我們身上也算是用心了……"

在寶玉身上，我們瞬間發現了一種人性少有的包容，那就是佛性的慈悲。如果換成是你，被身邊的人打了之後，得知是某人的挑唆引起的，你會有什麽樣的舉動？大駡、詛咒，還是滿心的怨恨？賈寶玉不但不起嗔恨，反而怕丫鬟襲人的一番話會讓薛寶釵爲哥哥的舉動感到難堪，並在一旁辯解"薛大哥哥從來不這樣的，你們別混猜度"。我經常説賈寶玉是菩薩的化身，因爲在賈寶玉的身上我們看到了大慈與大悲。父親的毒打讓賈寶玉皮開肉綻，在感受身體上的痛苦之時，賈寶玉還能爲他人辯解，確實是常人做不到的。賈寶玉的這個舉動感動了薛寶釵，薛寶釵在心裏暗暗地贊嘆賈寶玉被打成這樣，還如此設身處地爲他人著想，確實難能可貴。

"不俗即仙骨,多情乃佛心。"在賈寶玉的身上,我們看到了慈悲有情、利樂衆生的佛心,這讓我想到《佛遺教經》的一句經典:"若有人來,節節支解。當自攝心,無令嗔恨。亦當護口,勿出惡言。"

第五章 《紅樓夢》的佛教因果和善惡報應

王熙鳳、巧姐和劉姥姥，因果的現世報

寶玉和黛玉，"還淚"的生報哲學

大水淹了龍王廟，王善保家的之速報

因果，不可思議地決定貧富的結局

萬法皆空，因果不空

《涅槃經》講："業有三報：一現報，現作善惡之報，現受苦樂之報；二生報，或前生作業今生報，或今生作業來生報；三速報，眼前作業，目下受報。"在這裏，所謂的因果報應的三種形式即現報、生報、速報。

這三種因果報應的形式是不同的狀態。現報，是今世的造業今世得報，只不過是今世所得的果報時間早晚不同而已，有的人是早年就得到果報，有的人是中年，也有的人是晚年；生報，就是前生造業今生報，今生造業下世報，而這種造業，分善業和惡業；速報，造業的報應來得很快，比如剛做完某件事情果報就來了，這種報應不僅僅是惡報，善報也是如此。

王熙鳳、巧姐和劉姥姥，因果的現世報

佛教的因果報應，如同世間的善惡報應一樣，"善有善報，惡有惡報，不是不報，時辰未到"。不管是世間的善惡報應，還是佛教的因果報應，都強調了事物之間存在的普遍關聯，這種合理的邏輯具有深刻的內涵，它能讓在因果善惡之間迷失自我的人們反思其所作所爲，也能通過因果善惡的教育讓人們明白徹悟。

大凡讀過《紅樓夢》的讀者都不難發現，這本文學巔峰之作竟然從頭到尾都是在講因果和善惡的。在《飛鳥各投林》的曲子中，曹雪芹對因果善惡的探索層次，達到了一個全新的升華：

爲官的，家業凋零；富貴的，金銀散盡；有恩的，死裏逃生；無情的，分明報應；欠命的，命已還；欠淚的，淚已盡。冤冤相報實非輕，分離聚合皆前定。欲知命短問前生，老來富貴也真僥幸。看破的，遁入空門；痴迷的，枉送了性命。好一似食盡鳥投林，落了片白茫茫大地真乾淨！

《紅樓夢》中五百多號人物，從佛教的角度來分析，各人的命運有共業也有不共業。在《紅樓夢》錯綜複雜的故事架構中，曹雪芹巧妙地闡述了因果不虛、報應不爽的規律，而通篇看來，書中人物命運的好壞都是以佛教的因果報應作爲鋪墊，以此來教誨和警策世人。

在《紅樓夢》中，最讓人看到人情味的地方就是王熙鳳對劉姥姥經濟上的救助，而在因果上，我們能感到欣慰的地方就是在大觀園敗落的時候，劉姥姥能夠挺身而出解救巧姐。

芥豆之微的劉姥姥因爲膝下無子，幫襯著女兒女婿過日子。這樣的一個人物曾三進榮國府，成了《紅樓夢》中精彩的片段。劉姥姥這樣一位極具美學藝術的形象，深受廣大讀者喜愛，同時我們也能從她身上受到些許的感動。對於榮國府裏所有的人來說，劉姥姥充其量就是一個喜劇演員，供賈母等人消遣取笑。從中我們也看到劉姥姥內心的強大和善良。

王熙鳳的出現，體現了劉姥姥存在的價值。劉姥姥代表著一種慈悲和善良，她是菩薩的化身，但是她的形象是极具颠覆性的,她的出场带着几分小醜的形象。这样的一个文学艺术形象,不由得让我们想起邋遢醉酒的济公、八仙中的铁拐李、《红楼梦》里的癞头和尚和跛足道人。这些人物形象都是极具颠覆性的,同时又是极具传奇色彩的。而曹雪芹塑造刘姥姥这个角色,不仅给王熙凤的人生一个交代,同时也给因果报应一个最具说服力的案例。

王熙凤,明里是一团火,背地里是一把刀,她是这个大家族一位响噹噹的管理者,她的心机谋略可以说没有人不畏惧。这个女人不是一般的刁钻毒辣。她给予明饵,设下圈套,让垂涎她美色的贾瑞害相思病致死;受铁槛寺老尼净虚之托帮长安府太爷的小舅子抢亲,结果迫使一对有情人双双自尽;指使秋桐羞辱尤二姐,让尤二姐含羞吞金而死……这一系列事件,可以看出王熙凤是一个无恶不作之人。

曹雪芹笔下的人物,没有绝对,更没有单一。一体两面,是非难辨,在善良与恶毒之间,曹雪芹架起了一座桥樑,还原了生命的本质,这个本质就是慈悲。在《红楼梦》里能够激起王熙凤恻隐之心的人只有刘姥姥,刘姥姥让王熙凤的生命有了完美的答卷。

刘姥姥第一次进荣国府的时候,虽然王熙凤的态度不冷不热,但是在刘姥姥最拮据的时刻,王熙凤还是伸出了援助之手,给予刘姥姥经济上的帮助。刘姥姥第二次进荣国府,深得贾母的欢喜,王熙凤就推波助澜讨贾母欢心,让刘姥姥成为大家取笑的开心果。然而,王熙凤的善恶报應和人生最後的價值，最終還是由劉姥姥和巧姐之間的因緣來體現。

巧姐是王熙鳳和賈璉之女，生在七月初七，嬌貴多病，劉姥姥爲其起名巧姐。書中判詞云："勢敗休雲貴，家亡莫論親。偶因濟劉氏，巧得遇恩人。"在賈府敗落之後，巧姐被"狠舅姦兄"賣入青樓之地，最終是劉姥姥幾經波折救出。

當劉姥姥三進榮國府的時候，賈府已被抄家，曾引薦她的王熙鳳已經落到"力詘生人怨"的地步，之前被她設計害過的人現在都來報復她了。王熙鳳在衆叛親離極爲狼狽之際，把巧姐托付給劉姥姥。

劉姥姥是善良的，憑劉姥姥的智慧，完全可以看出當初王熙鳳對她的救濟帶著幾分的譏諷和施捨。但是此刻劉姥姥並没有落井下石，而是拼盡了全力，鬥智鬥勇地將巧姐從青樓贖救出來。無惡不作的王熙鳳，就是因爲這一點點的惻隱之心換取了女兒一生的平安，這也是《紅樓夢》中王熙鳳唯一做的一份善事所得的善報。王熙鳳在家族敗落之後已經嘗到了作惡的後果，唯獨對劉姥姥曾經的施捨得到了善報，這讓我們從王熙鳳人生的絕望處看到了來自善良本質的希望。劉姥姥和王熙鳳的故事是一則很有寓意的故事。

"機關算盡太聰明，反誤了卿卿性命。"王熙鳳在因果報應這一關上，可謂嘗盡了善惡之果的滋味。因果這東西有時候可以讓人分明，有時候却讓人迷糊。

关于因果，我倒想起了一则很发人深思的故事。和尚和屠夫是好朋友，和尚每天早上起来要念经，屠夫每天早上起来要杀猪。他们为了各不耽误对方的本职工作，便约定早上互相唤对方起床，这个举动直到和尚和屠夫老死。死后屠夫上了天堂，和尚却下了地狱。

故事的结局很令人诧异。按理说，修行的和尚应是上天堂的，为什么反倒落得下地狱的恶果呢？反之，屠夫杀生一世，满手血腥，为什么却上了天堂？原因是故事里的屠夫每天在做善事，天天叫和尚早起念经超度众生，而和尚每天在造孽，叫屠夫起来杀生。这么一个简单的道理犹如当头棒喝，让人如醍醐灌顶。在《红楼梦》中，王熙凤第一次对刘姥姥的救济，虽然带着几分打发的心态，但她也在刘姥姥拮据之际伸出援助之手，这雪中送炭的情意终是叫人难忘的。因果这东西会告诉你"勿以善小而不为，勿以恶小而为之"。种善果也需要智慧，善事做错了，就是好心办坏事。有时候，"因"的善恶是没有定义的，需要我们理智地分析事情的利弊。王熙凤对刘姥姥的行善巧就巧在一个"拙"字，王熙凤的例子就是因果现世报最好的体现。

宝玉和黛玉，"还泪"的生报哲学

因果报应的观念是佛教基本的教义，对中国人产生了极大的影响。它是在佛教十二缘起论基础上形成的。十二缘起论讲述的是十二缘起的因果关系。东晋高僧慧远从中國有關因果報應的傳統觀念中提出了"三報論"的思想，人有三報、業有三報、生有三報。"三報論"的基本思想框架就是人有三業，性質不同的三業各有報業。報應的三種體現即現報、生報和後報，而人有前世、今生和來世，簡單來說就是"三生"和"三世"。

傳說梁武帝的前生本是一條蚰蟮，生活在千佛寺大通禪師關房附近的一口井裏面，因常聽禪師們誦讀《法華經》而頗具靈性。一次它因小沙彌無意傷害而喪命，轉為人道，并且能將《法華經》倒背如流，第三世即轉世為歷史上有名的信奉佛教的梁武帝。有一次，他召見榼頭和尚，當侍衛報告和尚已在門外等候的時候，正逢梁武帝在下棋，無意中在棋局上連說了三次"殺了他吧"，結果和尚死於無辜。和尚臨刑前說："前劫我為小沙彌的時候，準備去鋤草，不想誤傷了一條蚰蟮的性命，那世的那條蚰蟮就是梁武帝，今生償命與他，是理所應當的！"在明代興起的白話短篇小說的擬話本中也能看到很多關於因果之談的案例，而這則故事就是出自於《梁武帝累修歸極樂》，講述了梁武帝"三生"的故事，揭示了因果報應的毫髮不爽，同時我們也可以看到因果報應滲透到我們生活的每一個角落。

《紅樓夢》就是在因果報應這個框架上展開了很多有關因果的故事。"滿紙荒唐言，一把辛酸淚！都云作者痴，誰解其中味？"曹雪芹就是在這個"痴"字上展開了因果循環的過程。

我們都知道，曹雪芹刻畫的林黛玉這個角色好像一直在哭，寶玉對她好她也哭，寶玉對別人好她也哭，別人夸寶玉她也哭，林黛玉的哭讓人無法理解，或許你還會認爲這樣的人心理有問題。但是《紅樓夢》却不是這樣寫的，作者用每個人背後的故事來展開一段生命的精彩瞬間，這就是《紅樓夢》的高明之處，它永遠會讓你覺得這本書包容了一切，讓你的視野放寬放大。

故事是這麽開始的。在通靈河岸邊上，有一株絳珠草。正當這株草快要乾枯而死時，赤瑕宮的神瑛侍者每天以甘露灌溉，讓這株草的生命得以延續，最後這株草吸取日月精華，也修煉成人身，而且是個女兒身。一天，神瑛侍者思凡了，愛慕人間的繁華，要去走一遭，這株草幻化成的女子說她也要去，因爲受了神瑛侍者的灌溉之恩，却沒有水來償還他，只能下凡陪他走一遭，用自己一生的泪水償還他的恩情。

這種纏綿不斷的因緣，建立在這個"還"的基礎上，也是對"痴"的詮釋。曹雪芹通過這種禪文學和禪美學創造了一個全新的因果報應的框架，和傳統的禪文化、文學闡述的因果有很大的區別。

在《紅樓夢》中，賈寶玉的前世是神瑛侍者，林黛玉的前世是絳珠草，他們兩人有著前世的情緣，在今生百般糾纏的緣分中，賦予了道教文學中最爲常見的嫡世與回歸的基本架構，我們給其定義爲"雙嫡"。同爲四大名著之一的《西遊記》中也有類似這樣的例子：寶象國公主

（前世是天上的仙女）與黃袍怪在天界因彼此有情却受天條管制，仙女只好轉世爲寶象國公主到人間與黃袍怪走一遭，最後因爲黃袍怪和唐三藏師徒起了干戈，驚擾天庭，才知道黃袍怪思凡，將其帶回天界接受懲罰。

這種因爲前世愛戀的"因"帶出今生糾纏的"果"的案例，一直在講述著因果循環的過程。這不由讓我想到一個跨越千年的因果傳説《白蛇傳》。白娘子還是一條小白蛇的時候，被捕蛇老人（法海的某世）抓獲，幸得小牧童（許仙的某一世輪迴人道的身份）所救。後來，小白蛇經過千年的修行，幻化成美女白娘子，來到西湖斷橋，與許仙借傘定情，以報許仙當年救命之恩。後因許仙的安危，曾冒死去盜仙草搭救許仙的性命。法海拆散許仙和白娘子，白娘子不惜一切代價，懷著身孕還與法海打鬥，最後因水漫金山觸犯天條，被壓在西湖邊上的雷峰塔下。

其實，《紅樓夢》也是建立在這種故事的架構上的，我們不妨對比一下不同的因果報應的故事在文學造詣上的相同點和不同點。

《紅樓夢》中將寶玉和黛玉前世的環境描寫得非常唯美，如通靈河岸、三生石畔、離恨天，這些唯美的地名無形中會讓你對美產生幻想。《白蛇傳》中西湖十景、遊船、雷峰塔、斷橋殘雪、蘇堤春曉等場景，如果你不知道故事的後續發展，你也許會認爲這些地方非常的唯美。但是《紅樓夢》和《白蛇傳》的故事都在這些美麗的地方發了轉折性的變化，這種美更襯托出人物命運的悲，在這美麗的土地上，誰曾想過也會有情仇愛恨、悲歡離合？

《紅樓夢》和《白蛇傳》的因果報應都是建立在前世作業今生報的生報基礎上，不同之處在於佛教因果的文學色彩和佛教美學色彩上存在著明顯的區別。它們都是以"還"來拉開故事的序幕，但是兩者在佛教美學的定義上有所不同。賈寶玉和林黛玉的前世是極具浪漫主義色彩的，"灌溉"和"還淚"能帶出有情眾生內心的真善美，最後通過不同人物的結局，突出"千紅同窟（哭），萬艷同杯（悲）"的主題。《紅樓夢》整個因果報應的架構特色突出了"以悲爲美"的佛教美學教義，把恩恩相報、因果循環的道理自然而然地灌輸給大眾，而不是通過乏味的勸誡性的說教來闡述因果。《白蛇傳》以一條令人毛骨悚然的白蛇拉開了人物和故事的序幕，然後又賦予其極具賢惠、善良、勇敢、堅貞的婦女形象。通過一醜一美、一惡一善的對比，帶出了西湖斷橋、游湖借傘、金釵定情等引人入勝的故事情節，把這些風景如畫的實體地點寫成了人們向往的人間仙境。但美的背後往往潛藏著一種危機，如斷橋到最後人斷橋未斷；西湖遊船借傘，人散傘還在；西湖邊上的雷峰塔原本是西湖美麗的風景，却成了有情有義的白娘子被關押之地。誰曾想，白娘子的"地獄"，竟然是景色如同人間天堂的杭州西湖。《白蛇傳》在前世今生的因果報應的故事架構上，"以醜爲美"來突出佛教美學，讓人性的真善美帶來了文學上前所未有的震撼力。

不管是《紅樓夢》以悲爲美的佛教美學的創作手法，

還是《白蛇傳》以醜爲美的佛教美學的傳播途徑，都突出了佛教因果報應的意識。《紅樓夢》中賈寶玉和林黛玉前世情緣今生還的故事，在佛教文學上超越了人們對美好和慈悲的追求，進入了一個對佛教美學的全新的追求層面。

大水淹了龍王廟，王善保家的之速報

集釋、道、儒三家思想的《太上感應篇》極力宣揚因果報應的主題，開篇以十六字"禍福無門，惟人自召，善惡之報，如影隨形"爲綱要，宣揚善惡終有報的因果報應觀念，來教化世人積德行善。

曹雪芹通過不同的角色，將因果報應的不同狀態充分體現在人情世故中。接下來要講的故事就是在因果報應中最直截了當的案例，讓人現場洞悉害人反害己的"速報"。

王善保家的是一個仗勢壓人、庸俗愚蠢之輩，因平日大觀園的丫鬟們不待見她，她就懷恨在心，趁機挑唆王夫人生事，乘勢告倒了晴雯，然後想出抄檢大觀園的主意。

這王家的一心只要拿人的錯兒，不想反拿住了他外孫女兒，又氣又臊。周瑞家的四人又都問著道他："你老可聽見了？明明白白，再沒的話說了。如今據你老人家，該怎麼樣？"這王家的只恨沒地縫兒鑽進去。鳳姐只瞅著他嘻嘻的笑，向周瑞家的笑道："這倒也好。不用你們作老娘的操一點兒心，他鴉鵲不聞的給你們弄個好女婿來，大家倒省心。"周瑞家的也笑著湊趣兒。王家的氣無處泄，便自己回手打自己的臉，罵道："老不死的娼婦，怎麼造下孽了！説嘴打嘴，現世現報在人眼裏。"衆人見這般，俱笑個不住，又半勸半諷的。

王善保家的自以爲是邢夫人的心腹，乘勢作臉拉起探春的衣襟作威作福，不料挨了探春一記耳光，自討没趣。大觀園抄檢，最後到了她外孫女司棋那裏，在司棋箱子裏翻出情書一封，并且向衆人證明確實綉春囊爲司棋所有，不免遭到衆人的嘲笑和排擠，自己自討没趣打著自己的臉，罵自己現實報。

在王善保家的諸多惡行之中，唯獨在抄檢大觀園這事兒上，她的惡行得到了現場的速報，這對於讀者而言真是大快人心。

而關於因果速報，并不是單單指惡果才有速報，善果也是有速報的。傳説晋代孝子劉殷七歲的時候，爲歸天的父親守孝，三年不曾露齒一笑。祖母冬天想吃堇菜，家道貧窮却不敢説出口，劉殷知道此事後痛哭道："我實在是罪孽深重，祖母在堂想吃堇菜，我竟然連這一點小小的要求都無法滿足她老人家。"正哭泣時，劉殷忽然看到土中長出堇菜，且採而不減。

以禪文化來解釋，劉殷的孝心感動了上蒼，才會有這般神奇的事情出現，盡管多有玄機和教義之意，但是劉殷的故事也深刻體現了善惡的因果報應，與《紅樓夢》中的王善保家的遭遇不同之處在於一個是善報,一個是惡報。

因果,不可思議地決定貧富的結局

我是在老人家身邊長大的。在我的童年記憶中,總會有幾個老人閒坐著談論自己的人生,這種畫面非常值得人懷念。在《紅樓夢》第三十九回中就呈現了這種讓人懷念的畫面,并且非常值得我們深思。

劉姥姥笑道:"這正是老太太的福了。我們想這麼著也不能。"賈母道:"什麼福,不過是個老廢物罷了。"說的大家都笑了。賈母又笑道:"我才聽見鳳哥兒說,你帶了好些瓜菜來。叫他快收拾去,我正想個地裏現擷的瓜兒菜兒吃。外頭買的不像你們田地裏的好吃。"劉姥姥笑道:"這是野意兒,不過吃個新鮮。依我們想魚肉吃,只是吃不起。"

第三十九回非常有趣,兩個不同等級的老太太做了一番對比。賈母晚年享盡了兒孫滿堂的福氣,衣來伸手,飯來張口。劉姥姥是看著老天爺臉色生活的小老百姓,生活艱苦,不得不到大户人家府上來"打秋風"。忽然有一天,年歲相近的兩個老太太,在不同的人生經歷下進行了一番有趣的對話。

賈母年老,所有人都把她當作"老祖宗"供著,人生晚年除了玩樂,無所事事。然而,賈母得知劉姥姥却能在地裏務勞,心生羨慕,便罵自己是老廢物,想吃地裏的新鮮瓜菜。而劉姥姥則羨慕賈母優渥的生活,隨時有魚肉吃,自己却吃不起。這是多麼生動的對比!我經常爲賈母感到慶幸,在賈府敗落的最後時期,賈母已經提前離開了人世,沒有經歷這一段悲哀。然而,曹雪芹安排了貧窮的劉姥姥出現在賈母晚年的生命中,直到家族最後的破敗,甚至還是劉姥姥救助了王熙鳳的女兒巧姐,是多麼令人深思的一件事情。

其實我們的人生真的不可思議,因爲根本無法讓人預料,就像榮華富貴的賈府到最後破敗的時候,曾經受過他們恩惠的劉姥姥成了他們的恩人。《紅樓夢》在講因果,是一本遺留在世間的因果經典之書。

賈母想吃地裏的新鮮瓜菜,劉姥姥吃不起魚肉;賈府的富貴奢華和鋪張浪費,劉姥姥爲生活奔忙的艱苦;賈府最後的衰敗,劉姥姥的救助等。賈母和劉姥姥之間的這些對比和最後因果的差距,總會讓我想起一則歷史故事。

説起一首唐詩,大家都會十分熟悉,那就是李紳的《憫農》:"鋤禾日當午,汗滴禾下土。誰知盤中餐,粒粒皆辛苦。"這讀來朗朗上口、婦孺皆知的名篇佳句,是在什麼樣的背景下寫出來的呢?

唐朝時期有一個著名的酒宴——"百雞宴",這個宴席的策劃人就是李紳。他是亳州的一位大詩人,出身於破落的家族,兒時喪父。因爲家道敗落,李紳生長在農民的家庭環境中,目睹了農民終日勞作却不能解決溫飽的殘酷現實。

李紳自幼好學,才華橫溢。有一次,李紳回鄉探親,正逢烈日下農民勞作,李紳見此情景,悲憫之情溢於心胸,於是寫下了《憫農》一詩。農民大都是悲苦的,在烈日下辛苦勞作是最常見的景象,爲什麼在無盡的辛苦勞作、付出之後,却連自己的溫飽都不能解決呢?早年的李紳還曾經考慮過這種現象跟社會制度有關,曾在感慨之餘抒發過自己心中的憤慨:"春種一粒粟,秋收萬顆子。四海無閒田,農夫猶餓死。"

每當我們讀起這憂國憂民的千古名句時,都會在心中欽佩心懷蒼生的李紳。當時李紳也很快就被官場注意,不久便得到了皇帝的賞識和提拔,官運一路亨通。然而,李紳很快受到官場這個大染缸的污染,與其他官員同流合污。發達後的李紳,魚肉百姓,酷暴無情,迫使當地百姓紛紛逃亡。面對朝廷的指責,李紳滿嘴巧辯:"用手捧麥子,飽滿的顆粒總是不會動的,何必去在意那些隨風揚走的秕糠呢?"

根據史料記載,李紳昇官之後,便漸次奢華,僅一頓餐費就需要幾百貫錢。而且,他每天都用"百鷄宴"招待那些狐朋狗友,單單一個下酒菜就須一盤鷄舌,估摸著也要殺死三百多只鷄。在李紳的後宅,被宰殺的鷄堆積如山,可謂浪費驚人。

在當時的"牛李黨爭"中,李紳就是李黨的中堅分子。然而,李紳的晚年起伏不已,爲了女色阿顏還鬧出了

"吳湘案"的笑話,以致李紳死後子孫三代不得爲仕。

歷史總是在談笑之間讓我們猶如醍醐灌頂,從《憫農》詩到"百雞宴",從滿腔抱負到奢靡無度,李紳的經歷不得不讓我們敬畏因果的無私與無情。"世人不知有因果,因果何曾饒過誰",李紳這個例子就是最好的證明。

李紳人生的前後,就像劉姥姥和賈母人生的合體。貧富向來是不能用金錢來衡量的,就像《紅樓夢》中的賈府一樣,最後沒落了,却靠一位貧窮的劉姥姥來救助,這真是命運開的一種玩笑。如同李紳一般,在人生寥落的時候,良心是富有的,有著"誰知盤中餐,粒粒皆辛苦"的大悲之心;而在名利雙收之後,良心却貧窮了,以致"百雞宴"成爲大家茶餘飯後談笑的話題。其實因果決定著貧富不可思議的結局。

劉姥姥第一次見賈母的時候,稱賈母爲老壽星。而事實上,作爲賈母的同輩人,貧窮的劉姥姥更有生命的活力。我認爲某種程度也是在給讀者一個暗示。《雜阿含經》中說:"人當自係念,每食知節量。是則諸受薄,安消而保壽。"《四十二章經》中說:"財色於人,人之不舍,譬如刀刃有蜜,不足一餐之美,小兒舐之,則有割舌之患。"這些經典都在告誡世人不可過多求多欲的生活,這樣身心才能長保康泰。

李紳在人生快意之時,完全忘了自己的初心,在他大富大貴之時,也不懂得珍惜自己的福報,過早耗損自己的福德,才導致自己有這樣一個悲催的下場。可見,惜福也

解毒《紅樓夢》的禪文化
096

是一件不容忽視的事情。《紅樓夢》中亦是如此，如果不是賈母在賈府富貴之時惜老憐貧，在賈府沒有敗落之前有救濟之心，也不會有劉姥姥後來的報恩。

繁華和富貴只不過是鏡花水月的一場幻象，都是由不可思議的因果來衡量並決定的，《紅樓夢》是一本現實世界的因果教科書。

萬法皆空，因果不空

《飛鳥各投林》把世間的一切都講進去了，不同的生命在無常中都逃不出因果的輪迴，讓人在淒美中明瞭一切。

為官的家業凋零，富貴的金銀散盡。有恩的死裏逃生，無情的分明報應。欠命的命已還，欠淚的淚已盡。冤冤相報實非輕，分離合聚皆前定。欲知命短問前生，老來富貴也真僥幸。看破的遁入空門。痴迷的枉送了性命。好一似食盡鳥投林，落了片白茫茫大地真乾淨。

"為官的家業凋零，富貴的金銀散盡"，講的便是繁華之後的衰敗，這是一個必然的輪迴過程，"好"便是"了"，"了"便是"好"，就是如此。

"有恩的死裏逃生，無情的分明報應"，很明顯講的是巧姐和她的母親王熙鳳。因為王熙鳳機關算盡，聰明反被聰明誤，反把自己給算進去了，但是在王熙鳳的生命中，她曾接濟過劉姥姥，劉姥姥念此恩德，在賈家敗落的時候，把王熙鳳的女兒救了，這裏是在講善惡報應。

"欠命的命已還，欠淚的淚已盡。"正所謂"假使百千劫，所作業不亡，因緣會遇時，果報還自受"，因果之事哪怕是千裏之外，前世今生所留下的業都是不會消失的。前世林黛玉接受了賈寶玉的灌溉之恩，今生便用一世的淚水償還賈寶玉。前句講的是惡業，後句講的是善業。雖然林黛玉和賈寶玉百般糾纏，但這是一種歷劫，是修行所必須經歷的，正所謂煩惱即是菩提，我想便是如此。

"冤冤相報實非輕，分離合聚皆前定。"苦海無邊，如果一味強行，必定會有無邊無際的罪孽。世間一切都是因緣暫時聚合而成的，分離聚散一切如夢幻泡影。如同金桂毒害香菱，沒想到卻把自己給毒死了。這便是天理昭彰，自害其身。

"欲知命短問前生，老來富貴也真僥幸。""欲知過去因，現在受者是；欲知將來果，現在作者是。"所以曹雪芹說"今生短命問前世"。

"看破的遁入空門，痴迷的枉送了性命。"這句不難理解，前句講的是寶玉、惜春、柳湘蓮等人，後句講的是尤二姐和尤三姐等人。"痴迷"二字我們不可小看，就像賈寶玉說的"我爲林姑娘病了"一樣，"痴迷"就是一種病，是因心魔得的病。

"好一似食盡鳥投林，落了片白茫茫大地真乾净。"一切都是緣來緣去，就像舞臺上的戲曲一樣，終究是要落幕的。"白茫茫大地真乾净"有點像是賈寶玉最後出家的情景，這是視覺上的殊勝，是一種寂滅的美。

一切都乾净了，萬法都空了，唯有因果不空，最後來收場的全都是因果。

第六章 《紅樓夢》中人物的佛教文化修養

《紅樓夢》的禪文化與清朝時期的佛教發展
賈寶玉參禪的典故引用
賈寶玉的佛學造詣
林黛玉,本來無一物的機鋒
劉姥姥,用吃齋念佛的因果點化王夫人
劉姥姥念佛的功德
王熙鳳禮佛皆因恐懼
揀佛豆和念米佛的净土宗念佛方法

在諸多紅學研究中,有很多學者曾研究過曹雪芹是否有宗教信仰。研究這本具有深厚文化底蘊的《紅樓夢》,我想可以拋出很多話題讓我們去思考。每每閱讀這本名著,我都是抱著包容的心態去看待這本名著中的每一個角色。我曾經看過蔣勳老師解讀《紅樓夢》的書籍,他說他把《紅樓夢》當成佛經來閱讀,於我而言亦是如此。

作爲《紅樓夢》前八十回的作者,曹雪芹是否有佛教信仰的問題,我想可在這本書中尋找答案。文學是源於生活的,佛教文化業已滲透到群衆生活中的細微角落。當我們去細讀《紅樓夢》中人物的佛教思想情懷,深入瞭解清代社會文人和普通百姓的精神世界時,便可以或多或少從《紅樓夢》中提煉出文學裏的佛教文化底蘊。

《紅樓夢》的禪文化與清朝時期的佛教發展

在《紅樓夢》這本著作裏,經常會有幾大教派的思想同時在故事情節中出現的現象,一會兒談禪,一會兒說道,一會兒又論儒家思想。其實,《紅樓夢》的這種文學觀與明清時期佛教和道教的發展有著直接的關係。

明清時期,佛道兩教作爲統治階級思想統治和精神統治的支柱之一,已經進入了衰落時期。雖然佛道兩教的發展得到了清朝前期幾位皇帝的支持和保護,但是也受到了一定程度的限制和束縛。古代社會早已經形成了文人、士大夫的禪悅之風,他們在保留對莊子哲學熱情的同時,依然維持著對佛道兩教的興趣,尤其是帝王階級對佛道兩教的推崇和信奉，直接影響著文人和大眾對宗教的信仰與發揚。

曹雪芹出生在"百年望族"權貴之家，與清朝皇室家族有所來往，必然在一定程度上受到當時社會所流行的禪悅之風的影響。而在《紅樓夢》中，也出現賈寶玉、林黛玉、薛寶釵等人喜愛禪悅之風的故事情節。

清代順治皇帝一統中原後，皈依禪宗，精進參禪，與禪宗的出家師父往來甚密，順治十五年，曾下敕諭，特遣使迎接玉林禪師，有云："爾僧通琇，慧通無始，智洞真如；掃末世之狂禪，秉如來之正覺。"又十六年敕諭，有云："爾禪師通琇，臨濟嫡傳，笑岩近裔；心源明潔，行解孤高。故於戊戌之秋，特遣皇華之使，聘來京闕，卓錫上林。朕於聽覺之餘，親詢釋梵之奧；實獲我心，深契予志；洵法門之龍象，禪苑之珠林者也。"這段關於帝王和佛教的歷史公案，足以證明當時統治階級對禪宗推崇的熱度。

《紅樓夢》中一僧一道的出現，賈寶玉一會兒參禪，一會兒悟道，一會兒又毀僧謗道，對那些俗人不知所謂的崇拜神靈提出了批評。而在晴雯死後，他却相信晴雯變成了花神。在《紅樓夢》中也出現很多佛道不分的現象，如第六十六回"情小妹耻情歸地府，冷二郎一冷入空門"。"空門"一詞，是佛教的總名，而此回說柳湘蓮在破廟旁邊遇見一個"跏腿道士"。在文中地點是寺廟，而人却是道家的人，顯然是佛道不分的現象。又如寶玉出家做了和尚,賈政將寶玉出家之事奏明皇上,皇上却賜了寶玉一個"文妙真人"的道號,既然都出家做了和尚,爲何還會賜道號呢?

佛教初傳到中國的時候,爲了鞏固其地位,經常與道教相附會,這種現象在學術界被稱爲"格義佛教"。而佛教自兩漢東漸以後,在各個層次不斷與中國文化相融合;魏晉南北朝至隋唐,逐漸形成了完整的中國化的佛教流派;到宋代以後,佛教則在思想上與俗學融爲一體,兼通儒釋的思想成爲當時社會普遍的潮流。禪僧契嵩和智圓就是這類思想的典型代表。

契嵩撰寫的《輔教篇》,提倡三教合一,在理論上特別論述了儒釋的相同之處。"心則一,其迹則异",契嵩認爲各個名家都是從心出發而建立理論的,雖然所走的道路不同,但是最終還是會歸爲一類,這些思想都是勸人向善的。在此理論的基礎上,契嵩將佛教戒律和儒教綱常完美地結合在一起:

五戒,始一曰不殺,次二曰不盜,次三曰不邪淫,次四曰不妄言,次五曰不飲酒。夫不殺,仁也;不盜,義也;不邪淫,禮也;不飲酒,智也;不妄言,信也。

在這裏,佛教的五戒成了出世的思想,儒教的五常成了入世的戒律,契嵩將儒教和佛教融爲一體。

在宋代,另外一位弘揚儒釋合流的人物就是天臺宗的智圓。他一生著書二十四部,一百一十九卷。智圓的三教同源、宗儒爲本的思想特別引人注目。契嵩和智圓的儒釋思想同時說明了佛教在中國達到了一個更高的層次，在社會運行上得以協調的同時，也將儒道釋相銜接，使之在哲理上融會貫通。佛教對於道教的模仿，除了對神通的宣揚，還在於倡導道教的科教禮儀。

《紅樓夢》中的神道描寫和僧道形象的刻畫出現宗教混亂現象，這在文學作品中的表現是有重要的宗教歷史依據的。曹雪芹受到宗教歷史上佛道諸多共同點和混亂現象的影響，並在這種文化的啟發下去虛構小說，出現教派文學常識的錯誤，或許故意爲之。不僅如此，四大名著中吳承恩的《西遊記》也是如此。比起《紅樓夢》，《西遊記》的宗教界限更加模糊。美猴王訪道求仙是道教行爲，拜菩提老祖則是佛教行爲；在拜菩提老祖爲師的時候，菩提老祖曾靜坐講黃庭，《黃庭經》是道教的作品；最後皈依佛門西天取經。《西遊記》中這樣的宗教混亂現象，和《紅樓夢》一樣，也是因爲深受宗教歷史的影響。

在曹雪芹的《紅樓夢》中，一道一僧的出現，文字背後的宗教內涵思想也深刻地反映出佛道的共同性，以至於後面三教思想的攜手出現，也從側面說明了釋道儒三教的共性。作爲文學巔峰巨著的《紅樓夢》，文字中流淌的宗教情懷，真實地反映了當時宗教在社會上的思想影響。《紅樓夢》不僅僅在傳統文學上有著卓越的貢獻，在宗教文學歷史乃至佛教文學歷史上也有著重要的位置。

無我原非你
從他不解伊
肆行無礙憑來去
茫茫著甚悲愁喜
紛紛說甚親疏密
從前碌碌卻因何
到如今回頭試想真無趣

天目道人於鳳凰山

賈寶玉參禪的典故引用

賈寶玉這個極具傳奇性的人物，其實在小說的開始我們就能猜測到這個人是不平凡的。我們可能聽說過許多關於名人出生的不平凡的故事，如傳說中的媽祖，出生以後的一個月內不曾哭過，被父母起名爲默娘。諸如此類的還有某位奇人出生時天有异象或者天降祥瑞等。這樣的傳說雖然不靠譜，但在中國文學版塊也算是一大特色。

在寶玉這個特殊身份的背後，他對宗教的態度和舉動是我們比較關注的。就寶玉個人而言，他在欣賞禪宗、道教的哲學思想的同時，也對宗教的傳統文化持有矛盾的態度，這主要體現在寶玉的毀僧謗道的舉動上，但是在宗教文化方面，賈寶玉的造詣可見一斑。

在《紅樓夢》中，賈寶玉談禪的情節，作者引用了關於佛教的著名典故，并且在這些典故的基礎上，通過自己在參禪文學上的造詣，使禪悅之風的境界再次得到升華。

在第九十一回"縱淫心寶蟾工設計，布疑陣寶玉妄談禪"中，寶玉和黛玉在對話中談了一番禪，在這種參禪的對話中，我們可以看出寶玉的佛教修養。

寶玉呆了半晌，忽然大笑道："任憑弱水三千，我只取一瓢飲。"黛玉道："瓢之漂水奈何？"寶玉道："非瓢漂水，水自流，瓢自漂耳！"黛玉道："水止珠沉奈何？"

寶玉道："禪心已作沾泥絮，莫向春風舞鷓鴣。"黛玉道："禪門第一戒是不打誑語的。"寶玉道："有如三寶。"

從寶玉的言語中，我們可以看出寶玉借用古人的詩句表達出自己的出世思想。

其實"禪心已作沾泥絮"是有典故的，這個典故和蘇軾有關。蘇軾在徐州的時候，參寥和尚從杭州特地去拜訪他。在飯桌上，蘇軾試圖和參寥開玩笑，便叫了一個妓女作陪向參寥討詩。參寥即興作了一首詩："多謝尊前窈窕娘，好將幽夢惱襄王。禪心已作沾泥絮，不逐春風上下狂。"最後一句表達了出家人寧願做沾了泥的柳絮，內心清淨無爲，也不願意隨波逐流，左右搖擺滿腔輕狂。"莫向春風舞鷓鴣"，這句話引用得非常有意思。寶玉喜歡杜撰典故，這個典故出自《异物志》中"鷓鴣其志懷南，不思北徂（往），南人聞之則思家"一句。詩人鄭谷《席上贈歌者》曾有"座中亦有江南客，莫向春風唱鷓鴣"句，此處寶玉巧妙地將"唱"字改爲"舞"，讀起來更有味道。

賈寶玉的佛學造詣

寶玉的人生是以出家畫上句號，這無疑是非常圓滿的，因爲至少在人生的信仰中看到了希望，這也是讓我感到欣慰的地方。寶玉出家前，我們可以看出寶玉的慧根和造化。寶玉能並蓄佛道兩教，最讓人敬佩的是他能將自己對佛教的領悟轉化爲實際行動，將理論與實踐相結合，培養自己的宗教情懷。所以，寶玉出家了，可以說他解脫了。

寶玉出家前，在很多事例上可以看出他的悟性不同常人。第一百一十八回，從寶玉對經典書籍的態度轉變中，我們可以看出寶玉的悟性已經有所超越了。

如《參同契》《元命苞》《五燈會元》之類（寶玉）叫出麝月、秋紋、鶯兒等都搬了攔在一邊。寶釵見他這番舉動，甚爲罕異，因欲試探他，便笑問道："不看他倒是正經，但又何必搬開呢？"寶玉道："如今才明白過來了。這些書都算不得什麼，我還要一火焚之方爲乾淨。"寶釵聽了，更欣喜異常。只聽寶玉口中微吟道："內典語中無佛性，金丹法外有仙舟。"寶釵也沒很聽真，只聽得"無佛性""有仙舟"幾個字，心中轉又狐疑，且看他作何光景。

"一火焚之方爲乾淨"可以看出寶玉已經悟道了，頓悟中得到人生的真諦，同時也與禪宗倡導的"不立文字，教外別傳"的見性成佛道理相暗合。其實，禪就在生活中，只要有心，處處都是禪。禪對萬事萬物的把握，不需任何文字和語言作爲橋樑，有時候文字倒成了我們領悟人生道理的一種障礙。寶玉明白了這番道理，所以要將這些文字一火焚之。寶玉追求的是一種超越和完美，所以他認爲"金丹法外有仙舟"。"金丹"是道教的道門術語，而"仙舟"則暗喻了見性成佛的道理，並非讓你真正去找成佛成仙的丹藥，寶玉再次強調的是內在精神的精進和

第六章 《紅樓夢》中人物的佛教文化修養

升華。

寶玉的佛性和悟性也是漸漸從自我修養中培養起來的，而不是與生俱來的。從小說的第一回我們可以看出，曹雪芹借用一道一僧之口，交代了寶玉的前世是一塊頑石，僧人曾説這石頭"若説你性靈，却又如此質蠢，並更無奇貴之處"。僧人準備帶著頑石投胎，了却一段風流案，道人曾問過："你携了這蠢物，意欲何往？"可見，寶玉的悟性是在一番經歷之後才漸漸培養起來的。

寶玉的領悟，經歷了花紅柳緑、繁華落寞、聚散離合，其家族也從昌盛走向衰敗。這一路，賈寶玉可謂是如人飲水，冷暖自知。在這個過程中，警幻仙子多次用不同的方法救度寶玉，但是那時候的寶玉悟性不夠，不能轉念。寶玉在一步步參悟之後，最終看破一切，放下執著，遁入空門。

林黛玉，本來無一物的機鋒

內慧外秀的林黛玉，才華橫溢是無可否認的。在《紅樓夢》中我們多處可見林黛玉與賈寶玉、薛寶釵在公開場合談禪論道，他們將自己對禪宗思想的領悟間接貫串於生活中。雖然林黛玉對禪宗思想頗有見解，但她最終不能像賈寶玉那樣遁入空門，給自己的人生畫上圓滿的句號，這不得不説業力和因緣是因人而異的。

金陵十二釵中，妙玉的判詞是"欲潔何曾潔，云空未必空。可憐金玉質，終陷淖泥中"。在《紅樓夢》中，如果說到"潔"字，或許我們會聯想到林黛玉。林黛玉的美，不容任何污點去玷污，但是她却身陷在這淤泥之中的賈府。

在黛玉葬花這個舉動中，可以說將黛玉對美的獨特見解推向了一個高度。從林黛玉葬花的舉動來看，林黛玉的思想是聖潔的，她的聖潔不會讓你覺得偉大，也不會讓你覺得卑微，這種聖潔不帶道德的吶喊，而是內心的呼喚。"質本潔來還潔去，強於污淖陷渠溝。"林黛玉的美和净就像是菩薩用柳枝甘露水洗過一樣，即便是在這塵埃之中，你也會體會到她"時時勤拂拭"的出塵不染的入世之心。

而林黛玉在和賈寶玉談禪論道時對禪的理解和理論，也很好地將"時時勤拂拭"昇華到"本來無一物，何處惹塵埃"的境界。

在第二十二回中，賈寶玉聽曲文悟禪機，沒想到遭到了林黛玉、薛寶釵、史湘雲等人的阻止和多方發難。

寶釵笑道："要說這一出熱鬧，你還算不知戲呢。你過來，我告訴你，這一出戲熱鬧不熱鬧。——是一套北《點絳唇》，鏗鏘頓挫，韵律不用說是好的了；只那詞藻中，有一支《寄生草》，填的極妙，你何曾知道？"寶玉見說的這般好，便湊近來央告："好姐姐，念與我聽聽。"寶釵便念道："'漫揾英雄泪，相離處士家。謝慈悲，剃度在蓮臺下。沒緣法，轉眼分離乍。赤條條來去無牽掛。

那裏討煙蓑雨笠卷單行,一任俺芒鞋破鉢隨緣化。'"

在聽完戲曲之後,鳳姐間接開玩笑説這戲子像林黛玉,惹惱了林黛玉。賈寶玉事後左右圓場,却吃力不討好。回到家中,寶玉細想不免覺得傷心,不禁大哭起來,翻身起來至案,遂提筆立占一偈云:"你證我證,心證意證。是無有證,斯可云證。無可云證,是立足境。"更有趣的是,賈寶玉寫完之後,又怕别人看不懂,自己也填一支《寄生草》,寫在偈後:"無我原非你,從他不解伊。肆行無礙憑來去。茫茫著甚悲愁喜,紛紛説甚親疏密。從前碌碌却因何,到如今,回頭試想真無趣。"

當林黛玉和薛寶釵看到寶玉提筆立偈之後,林黛玉前去問賈寶玉:"寶玉,我問你:至貴者是'寶',至堅者是'玉'。你有何貴?你有何堅?"林黛玉的發問讓賈寶玉啞口無言。林黛玉用賈寶玉的名字來發問,可見她的機智和對禪宗領悟的慧根,也可以看出她在平常生活中尋找禪意,在平凡中把握禪機和當下生命的主體。

林黛玉嘲笑完賈寶玉之後,説道:"你那偈末云,'無可云證,是立足境',固然好了,只是據我看,還未盡善。我再續二句在後。"然後林黛玉續了句:"無立足境,是方乾净。"然後薛寶釵講起了當日南宗六祖惠能初尋師至韶州的典故。

其實此處寶玉的體悟和黛玉的禪機,可以説是佛教家喻户曉的神秀與六祖惠能悟道偈的改編版本,在這裏借薛寶釵之口把這段典故給講了出來。當年五祖爲求法嗣,讓衆弟子寫偈來考察其悟性和造詣，以便物色法嗣，其中神秀的偈頌説："身是菩提樹，心如明鏡臺。時時勤拂拭，莫使惹塵埃。"而惠能在神秀的偈頌基礎上則説："菩提本無樹，明鏡亦非臺。本來無一物，何處惹塵埃？"後來五祖看到神秀的偈頌之後，道："汝作此偈，見即未到。"獨獨對惠能的偈頌夸贊不已，遂將法嗣傳給了惠能。

從神秀的句子中我們可以看出他的"漸修"思想，而惠能主張"見性成佛"，提出了當下的"頓悟"。而林黛玉活學活用，將這則典故用來發問和引導寶玉的思想，可見"無可云証，是立足境"遠遠不如"無立足境，是方乾净"明心見性。

劉姥姥，用吃齋念佛的因果點化王夫人

劉姥姥這個農村老太婆的普通角色，在《紅樓夢》中占據著重要的分量。曹雪芹塑造了劉姥姥這麼一個角色，成全了王熙鳳這個角色一生中的善惡報應。因爲王熙鳳昔日曾救濟劉姥姥，所以在家族敗落之後，劉姥姥爲報答王熙鳳昔日恩情，成了王熙鳳之女巧姐的救星。此外，劉姥姥在賈家的出出入入，也影響了賈府中衆人的宗教信仰，雖然在此筆墨極少，但也可以看出劉姥姥在《紅樓夢》中充當著佛教信衆的形象。

劉姥姥的出現，首先激發了王熙鳳被冰封已久的善心。同時，劉姥姥張口閉口就是"阿彌陀佛"的舉動，不免會與衆人談及一些關於佛教的茶話，供大家取樂。在

這個過程中,劉姥姥扮演的這個角色無形中影響了不少人。

劉姥姥是個俚俗的人,所以講的故事都是那些平民百姓或苦或悲的佛教故事。在第三十九回中,劉姥姥胡編亂造了一個茗玉小姐成精的故事,並胡亂編説這個小姐有座祠堂,如今已經成了破廟,村莊上的人還商議著要打了這塑像平了廟。一聽要"平了廟",寶玉説:"我們老太太,太太都是善人,合家大小也都好善喜捨,最愛修廟塑神的。我明兒做一個疏頭,替你化些布施,你就做香頭,攢了錢把這廟修蓋,再裝潢了泥像,每月給你香火錢燒香豈不好?"這正是因爲賈母和王夫人平日的喜捨慈悲、樂善好施,或多或少地影響了寶玉。同時,在那個年代宗教文化背景的影響下,賈母上下待人的寬厚,對劉姥姥的同情,不得不説是當時佛教普遍影響的緣故。

劉姥姥在第二次進賈府的時候,向賈府的太太和小姐們講述了吃齋念佛感動菩薩的故事。在這段寫作上,曹雪芹是另有文章的。

劉姥姥便又想了一篇話,説道:"我們莊子東邊莊上有個老奶奶子,今年九十多歲了。他天天吃齋念佛,誰知就感動了觀音菩薩,夜裏來托夢,説:'你這樣虔心,原來你該絶後的,如今奏了玉皇,給你個孫子。'原來這老奶奶只有一個兒子,這兒子也只一個兒子,好容易養到十七八歲上死了,哭的什麽似的。後來果然又養了一個,今年才十三四歲,生的雪團兒一般,聰明伶俐非常。可見這些神佛是有的。"這一席話暗合了賈母王夫人的心事，連王夫人也都聽住了。

劉姥姥這個故事非常巧合，她在講這個故事的時候，也許並不知道王夫人還有個大兒子已經往生的事情。這個故事之所以吸引人並能引起賈母和王夫人的反思，是因爲這個吃齋念佛感動菩薩的故事有著王夫人和賈母生活的影子。

劉姥姥說"可見這些神佛是有的"，這也不足爲奇。對於那時候的女性而言，拜神拜佛的現象是非常普遍的。而在賈母和王夫人看來，寶玉的出現，不就是王夫人天天吃齋念佛、行善積德才有的福報嗎？因此，賈母和王夫人聽了劉姥姥這個故事後，更堅定了她們對佛教的信仰。處於那個時期的女性，不管是貴族階級還是平民階級，她們內心的共同信仰就是善。而劉姥姥的故事帶著幾分度化和引導的性質，她用吃齋念佛的因果，激發出衆人對善的向往，可以說是不折不扣的佛菩薩形象。

劉姥姥念佛的功德

劉姥姥的口頭禪是"阿彌陀佛"，想來是非常有意思的。曾經聽過一位學心理學的朋友談過，她說劉姥姥這種行爲是一個卑微者内心虛空的表現。其實站在佛教的角度來看，未必如此。劉姥姥習慣性念佛，可以說已經成爲口頭禪了。這個口頭禪在劉姥姥爲人的良心深處，於無形中影響著劉姥姥的善業舉動。

不管劉姥姥生活如何貧困，她都沒有失去信仰。盡管劉姥姥對宗教的信仰沒有建立在內心深處，而只是停留在對神佛的崇拜，但是她在衆人面前表現出對神佛的敬畏，無意中却影響了一些人。

第四十二回中，鳳姐的女兒巧姐生病時，劉姥姥與王熙鳳進行了一番關於神鬼的談話：

鳳姐道："從來沒像昨兒高興。往常也進園子逛去，不過到一兩處坐坐就回來了。昨兒因爲你在這裏，要叫你逛逛，一個園子倒走了多半個。大姐兒因爲找我去，太太遞了一塊糕給他，誰知風地裏吃了，就發起熱來。"劉姥姥道："小姐兒只怕不大進園子，生地方兒，小人兒家。比不得我們的孩子，會走了，那個墳圈子裏不跑去。一則風撲了，也是有的；二則只怕他身上乾净，眼睛又净，或是遇見什麼神了。依我說，給他瞧瞧祟書本子，仔細撞客著了。"一語提醒了鳳姐，便叫平兒拿出《玉匣記》，著彩明來念。彩明翻了一會，念道："八月廿五日病者，在東南方得遇花神。用五色紙錢四十張，向東南方四十步送之大吉。"鳳姐笑道："果然不錯。園子裏頭可不是花神！只怕老太太也是遇見了。"一面說一面命人請兩分紙錢來，著兩個人來，一個與賈母送祟，一個與大姐兒送祟。果見大姐兒安穩睡了。

劉姥姥認爲巧姐生病是因爲衝撞了神靈之類的，最難得的是王熙鳳聽後也相信了，翻查《玉匣記》後才知道是花神，於是燒紙錢給花神，爲賈母和巧姐送祟。大凡這樣的舉動，大家都會認爲是迷信之說，但這個也是民間信仰的一種體現，這種信仰包含了宗教的某些思想觀念。

劉姥姥鬼神之說的舉動是靈驗的，她說鳳姐的女兒是富貴人家養的孩子太嬌嫩，再加上人小，禁不得一點委屈，以後少疼愛些就好了，讓王熙鳳不得不佩服她見識多，便說："這也有理。我想起來他還沒個名字，你就給他起個名字，一則借借你的壽；二則你們是莊稼人，不怕你惱，到底貧苦些，你貧苦人起個名字，只怕壓的住他。"

古人常說："窮人的孩子早當家。"在王熙鳳的思想觀念裏，也尊重這些民間的思想，至於王熙鳳爲什麼這麼相信劉姥姥，一方面出於對女兒巧姐的疼愛，另一方面，劉姥姥的善心確實也感化和影響了她。

王熙鳳是個有手段的人，可以說她什麼都不怕，這一點在第十五回有充分的體現。這一回講王熙鳳因秦可卿去世寄靈鐵檻寺，净虛趁機向王熙鳳提出張財主與長安守備退親之事的官司，在對話中，王熙鳳說道："你是素日知道我的，從來不信什麼是陰司地獄報應的，憑是什麼事，我說要行就行。你叫他拿三千銀子來，我就替他出這口氣。"

以王熙鳳的精明，她不難看出那些僧衆們的世俗，而在劉姥姥身上，王熙鳳看出了她的真誠，盡管劉姥姥有時言語中多帶奉承和遷就之意，但是劉姥姥沒有害人之心。

其實，經常念佛是可以使人漸漸被感化的。劉姥姥在各種情況下念佛的舉動在佛教净土宗是有説明的。

佛教净土宗倡導的是持念佛號，這種現象自唐代始便流行於社會底層，以其簡便的宗教儀式爲百姓所熟悉和熱捧。而宋明以後，禪宗、律宗、天臺宗、華嚴宗等各個宗派，基本兼修念佛法門。在清代，禪宗和净土宗最受歡迎，禪宗也倡導念佛法門。

"少説一句話，多念幾聲佛。"在大衆看來，念佛是有功德的。在净土宗看來，通過持名念佛的這個舉動，可以往生極樂世界。《佛説阿彌陀經》云："舍利弗，若有善男子善女人，聞説阿彌陀佛，執持名號，若一日、若二日、若三日、若四日、若五日、若六日、若七日，一心不亂，其人臨命終時，阿彌陀佛與諸聖衆現在其前。是人終時，心不顛倒，即得往生阿彌陀佛極樂國土。舍利弗。我見是利，故説此言。若有衆生，聞是説者，應當發願，生彼國土。"

在佛教有方便法門之説，衆生要想成佛，需要積福積德，然而這個過程並非一朝一夕可以完成的，再加上個人的根基和業力遠不如古人，成佛之説是難上加難。阿彌陀佛預知衆人的愚鈍與業障，因而發願代替衆生修行，並將功德收歸於"阿彌陀佛"的名號中，再回饋給衆生，只要衆生口念"阿彌陀佛"的名號，就能感應到此功德。這種方便法門，也是阿彌陀佛對有情衆生慈悲的體現。這種刪繁就簡的念佛法門是非常吸引善男信女的，也正是通

第六章 《紅樓夢》中人物的佛教文化修養

過這種法音的隨喜傳播，佛教影響了一代又一代的信衆。劉姥姥的念佛，不僅僅是在給自己積累福德，同時也通過這個法音的法喜，時時刻刻感染著周圍的人。

我念阿彌陀佛時，阿彌陀佛護念我，我不念阿彌陀佛時，阿彌陀佛憫念我。

王熙鳳禮佛皆因恐懼

王熙鳳的精明和手段，我相信鬼見到她都要畏懼三分。強勢的她曾說過："你是素日知道我的，從來不信什麼是陰司地獄報應的，憑是什麼事，我說要行就行。你叫他拿三千銀子來，我就替他出這口氣。"這主要體現在前八十回裏。在後四十回，王熙鳳一改往日作風，開始相信起鬼神之說，對佛教的敬畏也漸漸建立了起來。

第一百〇一回，王熙鳳深夜在大觀園中看到秦氏的鬼魂後，心中便開始有了疑問，並與散花寺的尼姑大了開始了一段對話：

卻說鳳姐素日最厭惡這些事的，自從昨夜見鬼，心中總只是疑疑惑惑的，如今聽了大了這些話，不覺把素日的心性改了一半，已有三分信意，便問大了道："這散花菩薩是誰？他怎麼就能避邪除鬼呢？"大了見問，便知他有些信意……

王熙鳳問散花菩薩是誰是有緣由的，王熙鳳夜半見到秦氏的鬼魂之後，又聽大了說前月王大人見神見鬼的，太太夜間又看見去世的老爺。剛好這事戳到了王熙鳳的擔憂之處，縱使王熙鳳是個"鬼見愁"的厲害人物，也經不起自己嚇自己，所以她問散花菩薩是誰，大了也是聰明人，回答的話也戳到了王熙鳳的要害。

鳳姐道："這有什麼憑據呢？"大了道："奶奶又來搬駁了。一個佛爺可有什麼憑據呢！就是撒謊也不過哄一兩個人罷了，難道古往今來多少明白人都被他哄了不成！奶奶只想，惟有佛家香火歷來不絕，他到底是祝國裕民有些靈驗人才信服。"鳳姐聽了大有道理，因道："既這麼，我明兒去試試。你廟裏可有簽？我去求一簽，我心裏的事簽上批的出來我從此就信了。"

王熙鳳是精明的，大了的話更有智慧。王熙鳳細想也能分析出來，這天底下哪有不透風的牆？而大了則用了大數法則的方法來解答王熙鳳的疑問和懷疑。我們細細分析大了的回答，既然是謊言，天底下的人不是個個都是可以被騙的傻子。神佛之說都是大家沒有看到的，能騙一兩個人也就算了，這千百年來多少人信奉，你王熙鳳再厲害，難道是這些人的例外？大了反問的話便是這層意思。而王熙鳳聽後，一方面無從解釋，另一方面確實因為平日壞事做絕，自己的內心世界是恐懼的，此時此刻遇到這些事情，她勢必會有所忌憚和敬畏。

王熙鳳對佛教的信奉是求佛拜佛，而不是學佛，更不是在精神上自我升華和精進。在第一百一十三回中，王熙鳳的舉動更加明確。

鳳姐此時只求速死。心裏一想，邪魔悉至。只見尤二姐從房後走來，漸近床前，說：「姐姐，許久的不見了，做妹妹的想念的很，要見不能。如今好容易進來見見姐姐。姐姐的心機也用盡了，咱們的二爺糊塗，也不領姐姐的情，反倒怨姐姐作事過於苛刻，把他的前程丟了，叫他如今見不得人。我替姐姐氣不平。」鳳姐恍惚說道：「我如今也後悔我的心忒窄了。妹妹不念舊惡，還來瞧我。」平兒在旁聽見，說道：「奶奶說什麼？」鳳姐一時蘇醒，想起尤二姐已死，必是他來索命。被平兒叫醒，心裏害怕，又不肯說出，只得勉強說道：「我神魂不定，想是說夢話，給我捶捶。」

四大皆空，因果不空。正是因為素日王熙鳳諸惡作盡，才導致今日顛倒夢想，心生畏懼。後四十回中王熙鳳在神明面前的祈禱，可見王熙鳳的內心開始轉變，在這種佛教氛圍的熏陶下，或多或少開始敬畏因果的厲害之處了，接著她的業障又顯現了。

鳳姐剛要合眼，又見一個男人一個女人走向炕前，就像要上炕似的。鳳姐著忙，便叫平兒，說：「那裏來了一個男人，跑到這裏來了！」連叫兩聲，只見豐兒小紅趕來說：「奶奶要什麼？」鳳姐睜眼一瞧，不見有人，心裏明白，不肯說出來，便問豐兒道：「平兒這東西那裏去了？」豐兒道：「不是奶奶叫去請劉姥姥去了麼？」鳳姐定了一會神，也不言語。

前面先寫昔日被王熙鳳折磨而死的尤二姐來索命，接著又寫王熙鳳弄權鐵檻寺害死的男女鬼魂來報仇,這一回把"善有善報,惡有惡報,不是不報,時辰未到"的因果報應寫得非常到位。但是王熙鳳的業障太重,還是到達不了解脫的對岸,她對佛教的敬畏僅僅是建立在神佛菩薩的宗教禮儀和儀軌上,直到王熙鳳臨終前見到劉姥姥,還是不能領悟。

鳳姐鬧了一回,此時又覺清楚些。見劉姥姥在這裏,心裏信他求神禱告,便把豐兒等支開,叫劉姥姥坐在頭邊,告訴他心神不寧,如見鬼怪的樣。劉姥姥便說我們屯裏什麼菩薩靈,什麼廟有感應。鳳姐道:"求你替我禱告。要用供獻的銀錢我有。"便在手腕上褪下一只金鐲子來交給他。劉姥姥道:"姑奶奶,不用那個。我們村莊人家許了願,好了,花上幾百錢就是了,那用這些。就是我替姑奶奶求去也是許願,等姑奶奶好了要花什麼自己去花罷。"鳳姐明知劉姥姥一片好心,不好勉強,只得留下,說:"姥姥,我的命交給你了。我的巧姐兒也是千災百病的,也交給你了。"

眾生皆有佛性。王熙鳳雖然做了很多壞事,但是她還是有佛種、有佛性的,至少在面臨鬼魂的時候,她懼怕過。她對神佛的恭敬,雖然帶有目的性和世俗性,但也能看出她內心的懺悔,只是她沒有開悟,不能去修持自己罷了。

"世人不知有因果,因果何曾饒過誰",即使王熙鳳求佛求神,如果不及時回頭轉念,她一樣逃脫不了因果的懲罰。

揀佛豆和念米佛的净土宗念佛方法

在賈府的衆多人中，賈母的禮佛並非偶然，她的禮佛已經形成了習慣，對佛陀的依賴已經入到骨子裏。劉姥姥講故事的時候，碰巧南院馬棚失火，賈母的第一反應就是嚇得口内念佛，并且命人去火神像前燒香，從賈母這種諸事對神佛依賴的心理反應，可以看出那時諸多信衆在精神上已經把佛教當成了避難的場所。

賈母的禮佛方式是非常考究的，在過八十大壽的時候，府上衆人爲她揀佛豆的情節非常有意思：

鳳姐道："誰敢給我氣受！便受了氣，老太太好日子，我也不敢哭的。"賈母道："正是呢。我正要吃晚飯，你在這裏打發我吃，剩下的你就和珍兒媳婦吃了。你兩個在這裏幫著兩個師父替我揀佛豆兒，你們也積積壽。前兒你姊妹們和寶玉都揀了，如今也叫你們揀揀，別說我偏心。"說話時，先擺上一桌素的來，兩個姑子吃了；然後才擺上葷的，賈母吃畢，抬出外間。尤氏鳳姐兒二人正吃，賈母又叫把喜鸞四姐兒二人也叫來，跟他二人吃。吃畢洗了手，點上香，捧過一升豆子來，兩個姑子先念了佛偈，然後方一顆一顆的揀在一個簸籮内。每揀一顆，念一聲佛。明日煮熟了，令人在十字街結壽緣。賈母歪著，聽兩個姑子又説些佛家的因果善事。

民國高僧印光法師提出邊念佛邊從一到十計數的攝心

念佛方法,原文爲:"至於念佛,心難歸一。當攝心切念,自能歸一。攝心之法,莫先於至誠懇切。心不至誠,欲攝莫由。既至誠已,猶未純一,當攝耳諦聽。"

意思是說,我們念佛的時候心很難歸一,嘴上念佛,腦子裏妄想紛飛。只有攝住心神,才能懇切地念佛,心才能夠自然歸一。印光法師提出的這種念佛方法實爲攝受其心,而《紅樓夢》的問世早在印光法師之前,我們也可以看出净土宗倡導通過念佛來積累自己的功德的思想,早已演變成各種念佛方式,在《紅樓夢》中,除了劉姥姥口頭不離念佛,賈母揀佛豆的念佛方式,還有鴛鴦的念米佛方式。

鴛鴦道:"姑娘又説笑話了。那幾年還好,這三四年來姑娘見我還拿了拿筆兒麽?"惜春道:"這却是有功德的。"鴛鴦道:"我也有一件事:向來服侍老太太安歇後,自己念上米佛,已經念了三年多了。我把這個米收好,等老太太做功德的時候我將他襯在裏頭供佛施食,也是我一點誠心。"惜春説道:"這樣説來,老太太做了觀音,你就是龍女了。"鴛鴦道:"那裏跟得上這個分兒!却是除了老太太,別的也服侍不來,不曉得前世什麽緣分兒。"説著要走,叫小丫頭把小絹包打開,拿出來道:"這素紙一扎是寫《心經》的。"又拿起一子兒藏香道:"這是叫寫經時點著寫的。"

在諸多信衆的佛教情感裏,其實早已把净土宗持名念佛的方法世俗化了。鴛鴦的念米佛和賈母的揀佛豆在本質上如出一轍，只不過表現形式不一樣罷了。在信衆的觀念中，每揀一顆佛豆，念一聲佛，福德就越大。這樣的文學故事不僅僅在《紅樓夢》中有所體現，明清小説《濟公全傳》第八回也有類似的情節。

老道忙叫小童去買了酒菜吃了。次早，和尚出了個主意，用二個笸籮，買一千黄豆，和尚坐在蒲墊上，老道念一聲無量佛，磕一頭念一聲阿彌陀佛，由黄笸籮拿粒黄豆，擱在紅笸籮内，省記著。老道磕了幾十頭，就覺腰酸腿痛，磕至二百，見和尚閉著眼打盹。老道一想："我捧過一把去，少磕些。"見和尚睡熟了，忙捧了一把，往紅笸籮内擱下。和尚一睁眼，説："好東西，練法術偷私，重磕！"把豆兒又抓回去，又拐了三百多去。老道磕了五六天，把剩的銀子也花完了。和尚叫打酒買菜，老道叫童子："把我的道袍别頂，金管當了，等我練好搬運法，再換好的。"

這裏的和尚指的是濟公，這段描寫顯然是把净土宗念佛方式作爲一種體罰。直到現在，很多情況下，徒弟犯錯，師父也會讓徒弟用念佛或者讀誦經書等求懺悔，以這些法音來調服自己的内心，攝受自己。

《紅樓夢》中賈母的揀佛豆、鴛鴦的念米佛，不管她們的舉動目的是什麽，也不管這些舉動是否過於依附於宗教的形式而不是實質，《紅樓夢》文字中流淌的佛教文化，還是引導著衆生去尋求真善美。

第七章

《紅樓夢》中人物的佛教情懷和因緣

清王朝與佛教發展

薛寶釵、林黛玉,菩薩的分身

薛寶釵的執著之心

泪已盡,林黛玉可否看破離塵

妙玉和黛玉,生命的兩種態度

惜春,自了漢的小乘思想

黛玉葬花,生命的一次懺悔和開悟

寶釵撲蝶,繁華只是生命的一種虛幻

清王朝與佛教發展

對於虔誠的佛教徒而言,出家是一件非常殊勝的事情,不僅可以得到解脫,更是精神上的升華。而《紅樓夢》這部作品,有諸多角色的最終結局都是出家了,如甄士隱、賈寶玉、惜春、柳湘蓮、芳官等。他們的出家歷程和一系列的心理變化都需要我們去反思和追問。在他們出家的動機背後,無形中反映出清代文人、士大夫和普通階層的平民百姓內在的精神生活。

清代初期,佛道兩教受到統治階層的重視,清朝諸皇帝極為信奉佛道兩教。但是當時的佛道兩教已經走向衰落,在政治地位上已經威脅不到國家的穩定,無論百姓是否出家,信奉的是佛教還是道教,都已經無所謂了。曾有御製詩談到這一現象:"有以沙汰僧道為請者,朕謂沙汰何難,即盡去之,不過一紙之頒,天下有不奉行者乎?但今之僧道,實不比昔日之橫恣,有賴於儒氏辭而辟之。蓋彼教已式微,且藉以養民。分田授井之制,既不可行,將此數千百萬無衣無食、遊手好閒之人,置之何處?故為詩以見意云。頹波日下豈能回?二氏於今亦可哀。何必闢邪猶泥古?留資畫景與詩材。"

"但今之僧道,實不比昔日之橫恣。"可見當時佛道兩教的地位何等卑微。"頹波日下豈能回?二氏於今亦可哀。何必闢邪猶泥古?留資畫景與詩材。""二氏"是指佛教和道教,詩中認為佛道兩教的影響只不過是點綴一下詩畫。細看宗教在歷史上的發展，從宋代諸皇帝對宗教的"敬"，發展到清代順治、康熙、雍正三朝皇帝對宗教的"用"，再到干隆時期對宗教的"玩"，都可以看出宗教在這個時期一步一步走向衰落。

盡管如此，老百姓並不是可以任意出家的。《大清律例》明文規定："凡僧道不給度牒，私自簪剃者，杖八十；若由家長，家長當罪；寺觀住持及受業師私度者，與同罪，並還俗；凡僧道擅收徒弟，不給度牒，及民間子弟戶內不及三丁，或在十六以上而出家者，俱枷號一個月，並罪坐所由；僧道官及住持知而不舉者，各罷職還俗。"

史料記載，順治二年（1645）清王朝禁止京城內外擅造寺院佛像，建造寺院須由禮部允許。在此基礎上，統治階層要求原有的寺院和佛像不可銷毀，不可以私自剃度僧尼，準備出家的信眾必須由朝廷先頒發度牒方可出家，在這項對宗教規定的條例上來看，清王朝主頒佈這條規定主要是擔心那些和尚和道士逃丁稅。直到乾隆四年（1739）以後，在人口增加的同時，私度僧尼人數也隨之增加，朝廷也一時難以排查和補發度牒。自乾隆十九年（1754）起，通令取消官給度牒制度，僧道出家的人數急劇增加。

在這個大環境的影響下，曹雪芹所創作的《紅樓夢》中，也涉及很多小說角色的出家過程。在文學的渲染下，這些角色的出家因緣各不相同，也反映出眾生的福德不同，出家的願力和根基不同。

薛寶釵、林黛玉，菩薩的分身

"一切衆生，皆具如來智慧德相，但因妄想執著，不能證得。"佛陀証道時的一句話正是整個大觀園衆生的寫照。

在《紅樓夢》中，薛寶釵和林黛玉這兩位女性都極具特色，少了誰都顯得有所缺憾。從作者的角度來講，林黛玉和薛寶釵都是作者喜愛的，就連兩人的判詞也都出現在同一首詞中。可見，作者曹雪芹是把同一個人分爲兩個角色去寫的。

"可嘆停機德，堪憐詠絮才。玉帶林中掛，金簪雪裏埋。"這裏引用了一個典故，《後漢書·列女傳·樂羊子妻》中有個叫樂羊子的人，讀書做官都沒有恒心，往往是做到一半就不做了。一天樂羊子回到家中，正在織布的夫人忽然把織綫割斷，停了織布機，並以此爲例勸誡丈夫樂羊子做事情要有恒心，否則就是半途而廢的失敗者。"停機德"的典故是在講薛寶釵，這位女性是符合封建婦道標準的賢妻良母的形象。她在賈寶玉身邊，所擔當的任務就是勸誡賈寶玉專研經濟仕途之道。薛寶釵正如典故中的樂羊子夫人一般，骨子裏透出女性道德力量的剛性，這是一般女子難以做到的。"詠絮才"同樣是一個典故，在《世說新語》中，有一位非常有才華的女子叫謝道韞。在一個下雪的日子裏，謝安問身邊的人："白雪紛紛何所似？"身邊的人都在思索著如何去形容這雪。有人勉强把飄雪比擬成空中撒著鹽，而謝道韞娓娓道來："未若柳絮因風起。"這一貼切的比喻贏得了謝安的贊賞。這裏是以謝道韞之才形容林黛玉。林黛玉非常有才華，她多次寫詩奪魁，確實值得贊嘆。

曹雪芹是一個美的發現者，"可嘆停機德"和"堪憐詠絮才"都是在贊嘆，然而在贊嘆的同時，我們看到了殘缺，薛寶釵的美是傳統善良女性的美，林黛玉的美是驚世才華的美，這兩種美却被拆分到兩個人身上，而只有兩人統一才是完整的美，若二者分開，這種美也只是殘缺的美。

然而，正是這種分離與結合，讓薛寶釵和林黛玉共同度化賈寶玉一人。在《紅樓夢》中最具靈氣的女子當屬林黛玉，她的聰慧可以說是無人能比的，這位頗具宿慧的人物，却習氣纏綿，情執太深。如同一切衆生皆具佛性，只不過妄想執著，情執煩惱而不能證得，無法解脫罷了。用佛家的角度來看，林黛玉代表著慈悲，雖有救濟之心，但因妄想執著煩惱不能消除，顯得心有餘而力不足；薛寶釵代表著智慧，雖有出世之願，在人世中左右逢源，但心機難平、願力不足。而她們若合二爲一，那麼就完善了。她們可以説是菩薩的分身，行兩種方便法門。

薛寶釵的執著之心

薛寶釵執著之心太過猛烈，與賈寶玉相伴的時光中，多次提出讓寶玉專研經濟仕途之經典。在第一百一十八回，薛寶釵和賈寶玉的對話，再次印證了薛寶釵的心性。

（賈寶玉）正拿著《秋水》一篇在那裏細玩。寶釵從裏間走出，見他看的得意忘言，便走過來一看，見是這個，心裏著實煩悶，細想他只顧把這些出世離群的話當作一件正經事，終久不妥。

在薛寶釵的骨子裏，雖然熱衷於禪悅之風，但是潛意識裏還是認爲佛教内典語中的思想是移情移性的，這在第二十二回"聽曲文寶玉悟禪機"即有深刻的體現。由於史湘雲説戲子像林黛玉，發生了一系列誤會，讓賈寶玉吃力不討好，賈寶玉於是寫了一偈和一支《寄生草》的曲子來表達自己的想法。薛寶釵看到後，説出了這樣一句話："這個人悟了！都是我的不是，都是我昨兒一支曲子惹出來的，這些道書禪機最能移性，明兒認真説起這些瘋話來，存了這個意思，都是從我這一隻曲子上來，我成了個罪魁了。"説著，薛寶釵便撕了個粉碎，遞與丫頭們説："快燒了罷。"

從薛寶釵"都是我的不是"的自責到"一支曲子惹出來的"懊惱，再到"道書禪機最能移性"的責備，最能看出薛寶釵從骨子裏排斥佛教明心見性的思想。特別是從薛寶釵把紙張撕了個粉碎的舉動，我們不難發現，這位極具傳統女性美的薛寶釵有高度的聖人思想，難以脱離仕途的人情練達之禮，薛寶釵的思想摻雜著孔孟經典、宋明理學、明清八股的"仕途"思想。即使是出世，薛寶釵也不算是真正的出世，這種出世多是爲入世的往來作鋪墊。

接下來薛寶釵和賈寶玉的對話，以賈寶玉的淡泊情懷爲襯托，更能看出薛寶釵的"聖人"思想：

寶釵道："我想你我既爲夫婦，你便是我終身的倚靠，却不在情欲之私。論起榮華富貴，原不過是過眼烟雲；但自古聖賢，以人品根柢爲重。"寶玉也沒聽完，把那書本擱在旁邊，微微的笑道："據你説人品根柢，又是什麽古聖賢，你可知古聖賢説過'不失其赤子之心'！那赤子有什麽好處，不過是無知無識，無貪無忌。我們生來已陷溺在貪嗔痴愛中，猶如污泥一般，怎麽能跳出這般塵網！如今才曉得'聚散浮生'四字，古人説了，不曾提醒一個。既要講到人品根柢，誰是到那太初一步地位的！"寶釵道："你既説赤子之心，古聖賢原以忠孝爲赤子之心，並不是遁世離群，無關無係爲赤子之心。堯舜禹湯周孔時刻以救民濟世爲心，所謂赤子之心原不過是'不忍'二字。若你方才所説的忍於抛棄天倫，還成什麽道理！"

薛寶釵的話我們可以分爲兩層：第一層賈寶玉和她之間已經沒有了周公之禮，這讓薛寶釵爲賈寶玉的無欲無求所擔心；第二層是家族的起伏變化，讓薛寶釵不得不行相夫教子的"相夫"之舉。薛寶釵説"人品根柢爲重"，只不過是其入世之願的美化包裝罷了。賈寶玉反駁人品根柢無非是無知無識、無貪無忌，直接拆穿薛寶釵的想法，從這裏可以看出，薛寶釵有入世思想，且這種思想多在仕途道路上，是不能做到在污濁的世間保持清净本性的。

寶玉點頭笑道："堯舜不強巢許，武周不強夷齊。"寶釵不等他說完，便道："你這個話益發不是了。古來若都是巢許夷齊，為什麼如今人又把堯舜周孔稱爲聖賢呢？況且你自比夷齊，更不成話。伯夷叔齊原是生在商末世，有許多難處之事，所以才有托而逃。當此聖世，咱們世受國恩，祖父錦衣玉食；況你自有生以來，自去世的老太太以及老爺太太視如珍寶。你方才所說，自己想一想是與不是！"寶玉聽了也不答言，只有仰頭微笑。寶釵因又勸道："你既理屈詞窮，我勸你從此把心收一收，好好的用用功。但能博得一第，便是從此而止，也不枉天恩祖德了。"

"堯舜不強巢許，武周不強夷齊"這句是有典故的。"巢許"是巢父和許由兩人的並稱。相傳巢父和許由是堯時期的人，兩人頗具才能却隱居不仕，堯知道後多次邀請却避而不受，後人於是將"巢許"作爲隱士的代稱。"夷齊"是《史記·伯夷列傳》中的人物，伯夷、叔齊，孤竹君之二子也，面對王位傳承，伯夷、叔齊相互謙讓，寧可遠離父母之邦，也要遵守禮義，互相推讓王位。他們以仁義爲先、利益居後的舉動，贏得了後人的贊賞。

從薛寶釵和賈寶玉的對話中，我們可看出薛寶釵推崇堯舜武周濟世治國的仕途之道，一味反對巢許夷齊不争的淡泊之舉，再次印证了薛寶釵的入世思想是仕途經濟之道。同時在薛寶釵和賈寶玉的日常生活中，很多地方都可

第七章 《紅樓夢》中人物的佛教情懷和因緣

以看出薛寶釵在閒情文化上有禪悅之風，但在骨子裏還是比較反感佛教的，如第一百一十五回：

正要坐下靜靜心，見有兩個姑子進來，寶玉看是地藏庵的，來和寶釵說："請二奶奶安。"寶釵待理不理的說："你們好。"因叫人來倒茶給師父們喝。寶玉原要和那姑子說話，見寶釵似乎厭惡這些，也不好兜搭。

薛寶釵不管經歷了什麼，哪怕是到最後賈寶玉捨棄她而出家，她都不能看破。她的思想被仕途經濟牽絆著，被孔孟之道影響著，不得不說這是中國封建環境下一代又一代女性的傳統思想。

泪已盡，林黛玉可否看破離塵

至於林黛玉爲什麼不能出家，要解答這個疑問，也需要我們去解讀這位超然的女性的人生。

林黛玉和賈寶玉同樣有著反仕途經濟之心，也正是這個共同點讓他們成了知己。

林黛玉的佛緣在《紅樓夢》中是通過對話體現出來的。如第三回：

黛玉笑道："我自來是如此，從會吃飲食時便吃藥，到今未斷。請了多少名醫，修方配藥，皆不見效。那一年，我才三歲時，聽得說來了一個癩頭和尚，說要化我去出家，我父固是不從。他又說：'既捨不得他，只怕他的病一生也不能好的。若要好時，除非從此以後，總不許見哭聲；除父母之外，凡有外姓親友之人，一概不見，方可平安了此一世。'瘋瘋癲癲，說了這些不經之談，也沒人理他。如今還是吃人參養榮丸。"

兒時讀這些對話的時候，總把立足點放在文學的角度上，認爲中國的文學作品大有玄機，現在再用佛教的觀點去體悟林黛玉這句話的時候，便覺得大有深意。我們先思考林黛玉的前世和今生，前世林黛玉是一株絳珠草，受了賈寶玉前世的灌溉得以延續生命，修煉成人，今世爲了還前世的灌溉之恩，以淚報恩下凡歷劫，把這層原因分析透了，才知道林黛玉這病是前世今生的糾纏。

林黛玉的病是心病，明白人都能看得清楚。與其說是心病，倒不如說是貪嗔痴中的"痴"病。大家可知這個"痴"字了得，拆字分析來看，病字頭下面一個"知"字，我們可以理解爲"白痴"和"痴情"，這個字是有雙面性的。而"痴"的另一種寫法——病字頭裏面是"懷疑"的"疑"字。在這裏作者用了非常微妙的文字手法來寫林黛玉的病，這種病就是人與人之間的緣分。有些時候，那些微妙的事物是我們所不能解釋的。在這些不可解釋的諸緣中，人與人之間有著不可預知的牽連。

人的造化在一些細微之處都可見玄機。比如癩頭和尚說林黛玉的病若要好時，除非從此以後總不許見哭聲。林黛玉此生是來還淚的，可見是做不到的。癩頭和尚度化她出家，父母不同意，折中的辦法就是除父母之外，凡有外姓親友之人，一概不見，方可平安了此一世。可見林黛玉這病是多麼的糾纏和掙扎。她的病糾纏在放不下的前世情緣上，掙扎在今世的苦苦糾纏中。後來林黛玉的母親去世，她不得不投靠親戚賈母。林黛玉的病看來是好不了了，從癩頭和尚的一番話和林黛玉的遭遇，林黛玉的不治之症是可預知的。

再回頭參悟癩頭和尚話中的機鋒，因林黛玉有病欲化出家，可見林黛玉需要看破、放下才能出家，這種病才能好。也就是説，需要看破前世的情和恩，放下我情我願的小我，放下今生的糾纏，解脱於心性的執念。然而，林黛玉放不下情緣的糾纏，也沒有出家。在《紅樓夢》諸多的人物中，妙玉剛好是林黛玉的對照，妙玉的背景是借林之孝家的之口引出來的。

又有林之孝家的來回，采訪聘買得十二個小尼姑小道姑都有了，連新作的二十分道袍也有了。外有一個帶髮修行的，本是蘇州人氏，祖上也是讀書仕宦之家。因生了這位姑娘自小多病，買了許多替身兒皆不中用，足的這位姑娘親自入了空門，方才好了，所以帶髮修行。今年才十八歲，法名妙玉。如今父母俱已亡故……

單在這一點上，林黛玉的造化在起點上就輸給了妙玉。所謂的歷劫，就是面對的那些劫難是需要我們去經歷的。林黛玉對賈寶玉的痴情，總是在這些意外的劫難中重生，然後在各自的經歷中體驗生命的覺悟和真諦。第二十三回標題"西廂記妙詞通戲語，牡丹亭艷曲警芳心"就已經隱藏著機鋒。

　　只是林黛玉素昔不大喜看戲文，便不留心，只管往前走。偶然兩句只吹到耳內，明明白白，一字不落，唱道是："原來姹紫嫣紅開遍，似這般都付與斷井頹垣。"林黛玉聽了，倒也十分感慨纏綿，便止住步側耳細聽，又聽唱道是："良辰美景奈何天，賞心樂事誰家院。"聽了這兩句，不覺點頭自嘆，心下自思道："原來戲上也有好文章。可惜世人只知看戲，未必能領略這其中的趣味。"

　　《牡丹亭》原著妙筆生花，婉轉裊娜的崑曲曲調唱出來更有意味，林黛玉耳福不淺，在梨香院牆角邊聽到第十出《驚夢》："原來姹紫嫣紅開遍，似這般都付與斷井頹垣。良辰美景奈何天，賞心樂事誰家院。"

　　"如花美眷，似水流年。是答兒閑尋遍。在幽閨自憐。小姐，和你那答兒講話去。去哪裏？轉過這芍藥欄前，緊靠著湖山石邊。秀才，去怎的？和你把領扣鬆，衣帶寬，袖梢兒搵著牙兒苫也，則待你忍耐溫存一晌眠。"當林黛玉聽到這些的時候，她的反應是不覺心動神搖。又聽到"你在幽閨自憐"等句，亦發如醉如痴，站立不住，便一蹲身坐在一塊山子石上，細嚼"如花美眷，似水流年"八個字的意味。忽又想起前日見古人詩中有"水流花謝兩無情"之句，再又有詞中有"流水落花春去也，天上人間"之句，又兼方才所見《西廂記》中"花落水流紅，閑愁萬種"之句，都一時想起來，湊聚在一處。

　　林黛玉是有悟性的，其實只看她觀聞《牡丹亭》這一章節是不够的。我們再回頭看看,本章節的標題"西廂記妙詞通戲語,牡丹亭艷曲警芳心",這個"警"字就一語道破天機,可見她是情思縈逗,春心大動,作者才用"警"字。賈寶玉在"太虛幻境"中領略到巫山之會,林黛玉在"游園驚夢"中領悟到雲雨之歡,但是林黛玉比賈寶玉悟得更透,所以林黛玉感慨地説道:"原來戲上也有好文章。可惜世人只知看戲,未必能領略這其中的趣味。"這人生如戲、如夢、如幻、如泡影,你在笑談别人的時候,别人也在嬉笑你的故事,林黛玉領悟到了"你方唱罷我登場"的道理。

《金剛經》云:"一切有為法,如夢幻泡影。"林黛玉嘆息世人只知道看戲,却不知道自己也在演戲的無常,她把禪悦的境界延伸到日常生活中,從根本處體驗禪機,可見她的造化是一般人所不能及的。

林黛玉將禪悦和禪悟融入日常生活中,這種生活中的禪在林黛玉和賈寶玉的日常對話中時常體現,如第九十一回:

只見寶玉把眉一皺,把脚一跺,道:"我想這個人生他做什麽!天地間没有了我倒也乾净。"黛玉道:"原是有了我,便有了人,有了人便有無數的煩惱,生出來恐怖顛倒夢想,更有許多纏礙。……都是你自己心上胡思亂想鑽入魔道裏去了。"寶玉豁然開朗,笑道:"很是很是。你的性靈比我竟强遠了,怨不得前年我生氣的時候,你和我説過幾句禪語,我實在對不上來。我雖丈六金身,還借你一莖所化。"

在《金剛經》第十四品《離相寂滅分》中有這麼一句:"如是!如是!若復有人得聞是經,不驚、不怖、不畏,當知是人甚爲希有。"正好印証了林黛玉這句"原是有了我,便有了人,有了人便有無數的煩惱,生出來恐怖顛倒夢想,更有許多纏礙"。所謂的"離相"是佛教用語,即離開色相。唐朝詩人崔元翰在《奉和聖制中元日題奉敬寺》有這麼一句:"離相境都寂,忘言理更精。""寂滅"指度脫生死,進入寂靜無爲之境地,《增一阿含經》卷二十三(大二・六七二中)云:"一切行無常,生者必有死;不生必不死,此滅最爲樂。"對生死之喧動不安而言,不生不死之寂靜安穩即稱爲寂滅。

由此可見,林黛玉善於把握禪機的人生哲理,但是命運無常,誰曾想到林黛玉早早香消玉殞,但這並不代表林黛玉沒有看破離塵。如果林黛玉沒有往生,她一樣可以像賈寶玉那樣伴隨古卷青燈。林黛玉的看破與悟道在她臨終前焚稿的舉動中就已經體現出來了。

(黛玉)道:"我的詩本子……"說著,又喘。雪雁料是要他前日所理的詩稿……紫鵑料是要絹子,便叫雪雁開箱,拿出一塊白綾絹子來。黛玉瞧了,撂在一邊,使勁說道:"有字的。"……(黛玉)便叫雪雁點燈。雪雁答應,連忙點上燈來。黛玉瞧瞧,又閉了眼坐著,喘了一會子,又道:"籠上火盆。"……黛玉這才將方才的絹子拿在手中,瞅著那火點點頭兒,往上一撂。紫鵑嚇了一跳,

欲要搶時,兩只手却不敢動。雪雁又出去拿火盆桌子。此時那絹子已經燒著了……(黛玉)回手又把那詩稿拿起來,瞧了瞧,又撂下了。紫鵑怕他也要燒,連忙將身倚住黛玉,騰出手來拿時,黛玉又早拾起,撂在火上……看見黛玉一撂,不知何物,趕忙搶時,那紙沾火就著,如何能够少待,早已烘烘的著了。雪雁也顧不得燒手,從火裏抓起來撂在地下亂踩,却已燒得所餘無幾了。那黛玉把眼一閉,往後一仰,幾乎不曾把紫鵑壓倒。紫鵑連忙叫雪雁上來將黛玉扶著放倒,心裏突突的亂跳。

自古以來"黃葉無風自落,秋雲不雨長陰",萬事萬物都會有它的緣起緣滅,來時不拒去時不留,方可自在。林黛玉做到了,因爲她明白了情到深處情轉薄的道理。隨著賈寶玉和薛寶釵完成結髮之禮,林黛玉看破"情"字這一關。情語云:"當爲情死,不當爲情怨。關乎情者,原可死而不可怨者也。"這裏的"死"並不是死亡,而是息心、捨棄,正所謂"息心即是息灾,心净則國土净"。林黛玉選擇了面對感情息心,這份割捨之心讓林黛玉解脫了,凋謝了。林黛玉的凋謝是"寂滅",是進入寂靜無爲之境地。

妙玉和黛玉,生命的兩種態度

"原來戲上也有好文章。可惜世人只知看戲,未必能領略這其中的趣味。"這是林黛玉在聽完《牡丹亭》戲曲之後發出的感慨,此時林黛玉的生命得到了升華,她讓我看到了生命的兩種態度。《紅樓夢》一直有兩個"我"在反反復復地出現，然後去印証我們生命的兩種態度。曹雪芹指出了兩個人，一個是黛玉，另一個是妙玉。曹雪芹是把一個人的命運分成兩個道路去寫，然後妙玉就替代了另外一個黛玉，而作者對黛玉的留白，讓我們自己去領略生命的趣味。

黛玉和妙玉有很多相似的地方，如兩人的性格都讓常人不能理解，兩人都是自小多病。黛玉葬花的"潔"和妙玉厭惡劉姥姥的"潔"，在生命的本質上，她們兩人都有共通點，但是她們兩人分別站在了生命的兩個方向。

世人都喜歡遊戲人間，所以是非就出來了，是非出來了，妄想和顛倒夢想就出來了，妄想出來了，是非猜疑便出來了，然後就是貪嗔痴。如同林黛玉，很多人都為她感到惋惜，認為這樣的一個女子為情而死，是一件非常可惜的事情。幼年讀《紅樓夢》，我也曾經想過：如果林黛玉出家了，該多好啊！《紅樓夢》的絕妙之處就在於你的"如果"永遠被作者提前預知。

人生因為種種放不下，便有了選擇。如同黛玉和妙玉一樣，黛玉和妙玉都有與生俱來的病，這種病都是需要出家才能好。然而，黛玉選擇了繼續留在塵世之間，帶著病痛的糾纏和痛苦一直走到生命的終點，而妙玉則選擇了遁入空門。

在生命的是是非非之中，每個人的生命迹象都會有所不同。同一個起點的兩個人，在不同的生命態度中，將完成不同角色的使命。雖然最後黛玉和妙玉的結局不盡如人意，但是生命的兩種態度一直在告訴我們，不管是假想還是現實，嘗到滋味便是滿足。

惜春，自了漢的小乘思想

清人王雪香在《石頭記論贊》中有這樣一句話："人不奇則不清，不僻則不净，以知清净法門，皆奇僻性人也。惜春雅負此情，與妙玉交最厚，出塵之想，端自隗始矣。"在大觀園裏的確有這樣的一號人物，她與出家人交往最爲頻繁，天性孤僻冷然，心冷口冷。

惜春的人生被定格在一幅畫裏，畫的是"一所古廟，裏面有一美人，在內看經獨坐"。惜春的判詞是"勘破三春景不長，緇衣頓改昔年妝。可憐綉戶侯門女，獨卧青燈古佛旁"。這預示了惜春出家的結局。

惜春的個性多半是受家庭的影響，母親的早逝、父親的好道而置她於不顧，造成了惜春心冷口冷、心狠意狠的個性。在這個沒有依靠的大家族裏，惜春這樣的心理無非是出於自保。然而，這種長久的冰封讓惜春骨子裏透露出一種冷然。

《紅樓夢》一半是成人眼中的世界，一半是孩童的世界，如果細心去瞭解惜春這個角色，我們可看出，在整個大觀園中，惜春是接觸出家人最爲頻繁的一個人。如第七回：

周瑞家的便把花匣打開，説明原故。惜春笑道："我這裏正和智能兒説，我明兒也剃了頭同他做姑子去呢，可巧又送了花兒來。若剃了頭，可把這花兒戴在那裏！"説著，大家取笑一回，惜春命丫鬟入畫來收了。

之所以惜春會與出家人有這樣的因緣，完全是因爲自己的身世和家族的人情世故，以及出於自保的考慮。和出家人交往，惜春才會摘下自己孤僻的面具，這也是她與妙玉趣味相投的原因所在。惜春一直清心寡欲，除了經常和妙玉下棋，還時常作畫，這些愛好可以説都是怡情養性的閒情文化。惜春在生活中自然會受到談禪論道的熏陶和佛學的影響。在第十八回"皇恩重元妃省父母"中，衆女子題一匾一詩，雖然惜春不擅長詩文，但在這一處的文章大有禪悦之風："出水横拖千里外，樓台高起五雲中。園修日月光輝裏，景奪文章造化功。"山水樓台不在人間，仿佛來自天外，園林也別致縹緲，惜春的字裏行間流露出"空渺"的灑脱和一股飄逸之情，那種見景不見人，只緣身在此句中的感覺渾然天成，"千里外"和"五雲中"好像深藏著名刹古寺，禪意悟性似乎有王維之遺風。

惜春的結局是出家了，但是惜春的出家多半是由家族的敗落、自己逃避抗爭的心理所導致的。在出家這個決定上，惜春和賈寶玉有相同的地方，那就是不惜以死相求，但這並不代表惜春是看破放下，這與高鶚續寫中惜春處處與封建勢力相反抗、不妥協的舉動相呼應。惜春的出家可以説是她尋求自我解脱，而非發大願力。惜春的這種小乘佛教思想在第七十四回"矢孤介杜絕寧國府"中毫無保留地體現出來。

惜春道："狀元探花，難道就沒有糊塗的不成？可知他們有不能了悟的更多。"尤氏笑道："你倒好，才是才子，這會子又作大和尚了，又講起了悟來了。"惜春道："我不了悟，我也捨不得入畫了。"尤氏道："可知你是個冷口冷心的人。"惜春道："古人曾也說的，'不作狠心人，難得自了漢。'我清清白白的一個人，為什麼教你們帶累壞了我。"

惜春的丫鬟入畫被抄了不少東西，惜春不分緣由便說："你們管教不嚴，反罵丫頭。這些姊妹，獨我的丫頭這樣沒臉，我如何去見人！昨兒我立逼著鳳姐姐帶了他去，他只不肯。我想，他原是那邊的人，鳳姐姐不帶他去，也原有理。我今日正要送過去，嫂子來的恰好，快帶了他去。或打或殺或賣，我一概不管。"可見惜春的心冷意冷。

"不做狠心人，難得自了漢"中的"自了漢"是有典故的。黃檗希運在天臺遊玩時，碰到一個舉止奇怪的同參，兩人一見如故，便結伴而行。當兩人走到小河前時，正逢河水暴漲。那個同參和尚只顧自己渡過河對岸，黃檗便叫道："你這個只知道顧自己的人，如果我早知你如此，便把你的腳跟砍斷。"那同參被黃檗罵聲所感動，感嘆地說："你真是位大乘的法器，實在說，我不如你啊！"

這個典故體現了小乘和大乘之別，小乘重自度，而大乘重度他。惜春這種遇到問題只會做甩手掌櫃的個性，明顯是小乘佛教的思想。小乘佛教追求的是個人的自我解脫，而在《紅樓夢》中惜春的這種"自我解脫"明顯是在逃避問題。

盡管如此，這並不代表惜春沒有佛教情感和造詣。如第八十七回，惜春聽聞妙玉打坐走火入魔，便發出一番感慨：

"妙玉雖然潔淨，畢竟塵緣未斷。可惜我生在這種人家不便出家，我若出了家時，那有邪魔纏擾，一念不生，萬緣俱寂。"想到這裏，薦與神會，若有所得，便口占一偈云："大造本無方，云何是應住？既從空中來，應向空中去。"占畢，即命丫頭焚香，自己靜坐了一回。又翻開那棋譜來，把孔融王積薪等所著看了幾篇。

從惜春的這些舉動中，我們可以看出她漸漸明白萬物是脆弱、空虛和夢幻的。"大造本無方，云何是應住？既從空中來，應向空中去。"這一偈頗有禪意。"大造本無方，云何是應住"，意思是大願力造就萬物原本無迹可尋，有什麼值得我們去留戀的呢？"既從空中來，應向空中去"更有機鋒味道。禪宗案例中問答原本有"從來處來，向去處去"的機鋒語，結合原意，我們可以理解爲即從空到有，再由有到空，恰恰和太虛幻境中對聯"假作真時真亦假，無爲有處有還無"相對應。

盡管惜春的造化只是停留在"自了漢"的小乘佛教境界，但是她的物質不滅、空能生有的禪悅之情對於她而言還是有造化的，雖然她最後出家了，但是她的禪悅境界沒有落實到修行的實質上去。

第七章 《紅樓夢》中人物的佛教情懷和因緣

黛玉葬花，生命的一次懺悔和開悟

黛玉葬花，是一幅唯美的畫面。在第二十七回中，曹雪芹講述了對生命的兩種態度，一種是"寶釵撲蝶"，另一種是"黛玉葬花"，分別寫出兩位不同命運的女性對生命的不同見解。

春天來了，許多生命都值得我們去歌頌。古人和現代人的表達方式是不同的，比如芒種節到了，閨中的少女都會打扮得漂漂亮亮的，把各種美好的東西繫在花枝上，稱爲"送春"，表達她們對自然的熱愛和歌頌。然而，在這樣的畫面中，黛玉沒有出現。在這個繁花盛開和簇錦團花的景色之外，黛玉葬花顯得格外凄美。

或許每個人在自己的生命中都會有一次屬於自己的"黛玉葬花"，或歌頌友誼，或歌頌美好，但是林黛玉的葬花却不是歌頌自己，而是對生命的一種感嘆和懺悔。

同樣，"寶釵撲蝶"和"黛玉葬花"仍然是作者在寫生命的兩種狀態，正是因爲在現實生活中我們無法這麼完美和兩全，所以作者把所希望的角色拆分爲寶釵和黛玉兩個角色來詮釋。寶釵永遠是儒家世界的人，堅守一切倫理綱常，處於人情練達的入世狀態；而林黛玉永遠是逍遙、極具前瞻性的，她永遠在自己的世界中若有所思、若有所悟，作者永遠無法在兩者之間做出選擇。

春天來了，花開了，蝴蝶飛舞，當所有人沉浸在這美麗之中時，只有林黛玉感知到美麗是虛幻而短暫的。林黛玉對生命現象的感悟是非常透徹的，她能感悟到生命的空幻和虛無，人生命運的無常與因果，所以她在這美麗的季節獨自一人葬花，爲自己的生命完成了一次偉大的懺悔和開悟。

"花謝花飛花滿天，紅消香斷有誰憐？"你是否有過這樣的經歷？曾經在乎的東西，轉眼間沒有了，然後隨著時間的遠去，你對這個東西的記憶會漸漸淡去。林黛玉和賈寶玉相反，她喜散不喜聚，因爲她深知成、住、壞、空的人生四劫。

"遊絲軟繫飄春榭，落絮輕沾撲繡簾。"這是常見的花絮飄飛的景象。把生命寄托在他物之上，是多麼的飄零。這種無主的事物格外讓人惋惜，如同我們的生命，不要以爲軀體是我們終生的依靠，其實那是愚不可及的想法。林黛玉講的正是生命的無常。

"閨中女兒惜春暮，愁緒滿懷無釋處。手把花鋤出繡簾，忍踏落花來復去。"凡人之所以是凡人，原因在於他的情緒完全被外物所牽引。黛玉葬花之所以成爲《紅樓夢》的經典片段，很大部分取決於黛玉對生命空無的感嘆讓大家產生共鳴。凋零是一種美，但是通過黛玉葬花的舉動，在這種美的背後你也會發現人生的殘缺。林黛玉埋葬的不是花朵而是生命，她的葬花之舉是對生命的一種懺悔。

"柳絲榆莢自芳菲，不管桃飄與李飛。"我們用兩種心態來體驗這種生命的狀態。林黛玉説春夏交替之際,桃花和李花都謝了,但是柳結絲了,榆結莢了,林黛玉有意在暗示她生命中已經經歷的事情,比如秦鯨卿殀逝黃泉路的同時,喜聞賈元春被選爲鳳藻宫一職。在這悲喜交集的人事當中,這種你我與他不相干的人事經歷,真的像《葬花詞》中桃花李花飄落,柳自然成結,榆自然結莢,人情和生命互不影響。同時這也是一種樂觀的人生態度,人之所以痛苦,是因爲我們干預得太多,身上的包袱太多,我們傷感的、感嘆的、感悟的往往都是與我們生命本質無關的,這裏説的不是冷漠,而是我們過於追求外在。每每讀到這裏,我覺得這句話是在詮釋"赤條條來去無牽掛",同時也是《好了歌》很好的注解。

林黛玉依著葬花的舉動,作了一首《葬花詞》,通過對"柳絲榆莢自芳菲,不管桃飄與李飛"這兩種心態的解讀,完成了生命的一次懺悔和開悟。第一種心態解讀,在人情反復中懺悔;第二種心態解讀,在内心探求和解脱中開悟。林黛玉是一位偉大的女性,她在迷情與覺悟之間體驗生命的不同狀態。

"桃李明年能再發,明年閨中知有誰?"或許這就是生命的一種預示,不僅預示了黛玉的命運,同時也訴説著生命的無常。黛玉葬的不是花,而是自己,她是在詩句中爲自己的命運追悼,這是對生命無常的一種强烈的意識。

"三月香巢已壘成,樑間燕子太無情。明年花發雖可啄,却不道人去樑空巢也傾。"我認爲這兩句完全體現出了林黛玉的獨具慧眼。林黛玉在描述一個生命的現象，燕子在陽春三月的日子裏，在樑下築巢，到了季節轉換時就飛走了。其實，在我們生命的本質中，如同林黛玉所說的那樣，生命走到最後，都是"人去樑空巢也傾"。

　　林黛玉看明白的不僅僅是生命的本質，同時也看明白了人事的反覆無常。"樑間燕子太無情"就講了這世間的悲與苦、冷與暖。讀到這裏，我忽然想起一句詩："舊時王謝堂前燕，飛入尋常百姓家。"詩句講的是東晉王導、謝安兩家的堂前紫燕，因爲兩大家族的敗落，而今却飛入尋常老百姓之家。燕子就像人一般，易變主人也是如此。林黛玉在講人情虛幻的一種現象，同時也在講人情悲苦的一種現象，到頭來都是大夢一場空。

　　"一年三百六十日，風刀劍霜嚴相逼，明媚鮮妍能幾時，一朝飄泊難尋覓。花開易見落難尋，階前悶殺葬花人，獨把花鋤泪暗灑，灑上空枝見血痕。"在佛法的沐浴之下我感動了，生命純屬不易，在風刀霜劍之下，我們的生命還在持續著。當這一幕幕上演之後，明媚鮮妍的繁華之後，生命的寂滅便開始了。人們只看到花開的繁華，却不曾領悟花落難尋的寂滅。林黛玉這是在注解《好了歌》，生命如同唱戲，不管你是哪個角色，總會從熱鬧到安靜，從繁華到落寞，到頭來還不是《好了歌》中"你方唱罷我登場"的反覆無常。

　　"杜鵑無語正黃昏，荷鋤歸去掩重門。青燈照壁人初睡，冷雨敲窗被未溫。怪奴底事倍傷神，半爲憐春半惱春。憐春忽至惱忽去，至又無言去不聞。"和林黛玉一樣，我們會無端感慨身邊一切不可挽留的事物。林黛玉在講虛幻，這些虛幻的東西都是留不住的，但是人們明明知道留不住，却還是讓它們影響著我們的心境。

"昨宵庭外悲歌發，知是花魂與鳥魂？花魂鳥魂總難留，鳥自無言花自羞。"生命中有些東西是我們無法用言語表達的。生命的表達方式有多種，比如孤獨，每個人內心的世界都有孤獨的一面，很多人由於種種原因無法填補孤獨的一面。在林黛玉的世界中，雖然有孤獨，但她把這種孤獨昇華爲寂滅。

"願奴脅下生雙翼，隨花飛到天盡頭。"我最喜歡的就是這句，這裏講的是期望，正是因爲在現實生活中我們的種種欲望無法滿足，所以便有了夢想，但是現實和夢想可能是相反的，所以我們勾勒出來的夢想逐漸被顛倒，這是現實和虛幻之間的寫照。

"天盡頭，何處有香丘？"這不僅是林黛玉在質問生命，也是衆生在生命的虛幻中不肯面對的一個現實。"香丘"是指女性的墳墓，《葬花詞》中因爲有了這句反問，忽然多了幾分豁達，關鍵是你站在什麼角度去看待生命現象。古人言"耳目寬則天地窄"，我們的眼界寬了，這個世界就變窄了，其實還是在講我們的心，我們的心若不動，這大千世界豈能由我們來衡量？那麼"香丘"何在就不再是生命中的困惑。如果心中沒有滄海之量的慈悲和智慧，那麼我們往往都是無知。

"未若錦囊收艷骨，一抔净土掩風流。"每個人的心中，都會期待生命的完美，其實每個人的內心世界都渴望乾净。《葬花詞》之所以成爲經典，我相信是因爲林黛玉引起了我們對善良的共鳴，還有對內心"清净"世界的期待。

"質本潔來還潔去，强於污淖陷渠溝"一句讓我想起了一則公案。二祖有意嫌棄三祖是一個長了爛瘡的和尚。三祖説："我是一個長了爛瘡的和尚，你是一個乾净的和尚，可我們的佛性有差別嗎？"其實，林黛玉《葬花詞》中的這句話就特別有禪悦的味道，外表的爛瘡總比心內世界的爛瘡要好得多，內心的清净是有來有去的。

"爾今死去儂收葬，未卜儂身何日喪"一句有種"你方唱罷我登場"的感覺。這種無常的生命每一個人都躲避不了，這就是因果。

"儂今葬花人笑痴，他年葬儂知是誰？"這在講無常的同時，也在講我們的痴迷和執著，如同甄士隱注解的《好了歌》中一句"正嘆他人命不長，那知自己歸來喪"。黛玉葬花的行爲往往如同那些打破常規的、我們不能理解的事情，讓我們看到了生命的本質，或許這些打破常規的事物才是最完美的。

"試看春殘花漸落，便是紅顏老死時。一朝春盡紅顏老，花落人亡兩不知。"繁華過後，一切寂滅之後，什麼都沒有了，還原了虛幻的世界，這一切都在凋零中回歸了！

我們再回頭看黛玉作的《葬花詞》：

花謝花飛花滿天，紅消香斷有誰憐？
遊絲軟繫飄春榭，落絮輕沾撲繡簾。
閨中女兒惜春暮，愁緒滿懷無釋處。
手把花鋤出繡簾，忍踏落花來復去。
柳絲榆莢自芳菲，不管桃飄與李飛。
桃李明年能再發，明年閨中知有誰？
三月香巢已壘成，樑間燕子太無情。
明年花發雖可啄，却不道人去樑空巢也傾。
一年三百六十日，風刀霜劍嚴相逼。
明媚鮮妍能幾時，一朝飄泊難尋覓。
花開易見落難尋，階前悶殺葬花人。
獨把花鋤泪暗灑，灑上空枝見血痕。
杜鵑無語正黃昏，荷鋤歸去掩重門。
青燈照壁人初睡，冷雨敲窗被未溫。
怪奴底事倍傷神，半爲憐春半惱春：
憐春忽至惱忽去，至又無言去不聞。
昨宵庭外悲歌發，知是花魂與鳥魂？
花魂鳥魂總難留，鳥自無言花自羞。
願奴脅下生雙翼，隨花飛到天盡頭。
天盡頭，何處有香丘？
未若錦囊收艷骨，一抔净土掩風流。
質本潔來還潔去，強於污淖陷渠溝。
爾今死去儂收葬，未卜儂身何日喪。
儂今葬花人笑痴，他年葬儂知是誰？

春恨秋悲皆自惹

花容月貌為誰妍

天目道人

試看春殘花漸落，便是紅顏老死時。
一朝春盡紅顏老，花落人亡兩不知。

寶釵撲蝶，繁華只是生命的一種虛幻

我經常說，《紅樓夢》有一個非常有趣的現象，那就是不斷地對比。曹雪芹在對比的手法中，不停地展現生命的兩種現象。

作者最先寫春天的繁華，寶釵撲蝶也寫得非常唯美動人。但是曹雪芹不會讓你完全陶醉在其中，而是在繁華的背後，通過黛玉葬花，讓你體悟生命落幕的寂滅。

我們來給第二十七回畫一幅人生階段圖，你會發現這一段寫得非常有意思。

春天萬物生發，可以比擬成生命的開始；然後就是寶釵撲蝶，可以比擬成生命成長過程中的追尋與向往；接著是寶釵在撲蝶過程中偶遇小紅，遇到了一些意想不到的插曲，並用巧妙的方法去處理，就好比我們成長過程中遇到的是是非非；再接著是小紅在王熙鳳面前的表現，就好比我們在生命成長過程中遇到的各種爭取和占有；最後就是黛玉葬花，繁華總有一天會落幕，這就是我們的人生。

我認爲曹雪芹是一位偉大的思想家和哲學家，他的文字能夠化無形爲有形，《紅樓夢》文字中的機鋒就藏在這裏。如果你能對此有所發現，那麼生命的真諦就在這裏，它還會讓你感覺猶如禪宗大德開示那般,給你當頭棒喝。在百花凋零的那一刻,黛玉葬花,原來是生命的一次懺悔和開悟;在繁華上演的時候,寶釵撲蝶,只不過是上演了繁華的一種虛幻。

接下來我們看寶釵是如何撲蝶的:

(薛寶釵)剛要尋別的姊妹去,忽見前面一雙玉色蝴蝶,大如團扇,一上一下,迎風翩躚,十分有趣。寶釵意欲撲了來玩耍,遂向袖中取出扇子來,向草地下來撲。只見那一雙蝴蝶,忽起忽落,來來往往,穿花度柳,將欲過河去了,倒引的寶釵躡手躡腳的,一直跟到池中滴翠亭上,香汗淋漓,嬌喘細細。

每個讀者閱讀的視覺是不同的。有些學者認為,寶釵撲蝶,作者刻意強調的是一位封建社會女性的美,而我却不這麼認為。寶釵的撲蝶,是對生命的一種追尋,一上一下就是生命起伏的狀態,當我們被現實的虛幻消磨殆盡之後,便是大汗淋漓,身心疲憊。對於這種解讀,或者有人會打一個問號,那麼我建議大家在看第二十七回的時候倒著看,先看黛玉葬花,再看寶釵撲蝶,這樣或許會讓人想起開篇的《好了歌》,那便是"世上萬般,好便是了,了便是好,若不了,便不好,若要好,須是了",盡管繁華一時,終有了結的那一刻。

第八章

《紅樓夢》的園林建築與佛教思想的愜意

大觀園的「幽」與寺院園林的「淨」

繞堤柳借三篙翠，隔岸花分一脈香

假作真時真亦假，無為有處有還無

大觀園的"幽"與寺院園林的"淨"

我們看《紅樓夢》每一回的故事情節,其實就是在看我們無常的人生,比如書中上一章節還在講秦鍾之死,下一回目就開始寫寶玉在大觀園中被父親試才。與其説是《紅樓夢》的章節跨越性太大,還不如反觀我們自己人生軌跡的無常。秦鍾死後,就是賈元春回來省親,爲此賈府建了一座很大的園林。

中國的園林建築可分爲儒家文化和老莊思想兩種不同的風格。對稱的建築模式一般是儒家文化在園林建築上的體現,通常是以單數開間,比如一開間、三開間、五開間。一般小家小户建造不起這樣的園林工程,基本都是達官貴人才有這等財力。在封建社會的園林建築上有著很明顯的儒家禮制。這種禮制通常表現在君臣關係、夫妻關係、嫡庶關係中,我相信很多人都聽過"正房"和"偏房"之説,在一夫多妻制的封建社會中,我們很容易通過園林建築來判斷一個人的地位和身份。在封建等級制度下,"禮"在封建社會的園林建築中發揮著重要的作用。

"禮"是儒家園林建築的一大特色,儒家園林建築的整體風格是整齊有序。但是在這種園林建築文化的壓抑下,儒家園林建築顯得了無生趣,它會讓你下意識地感受到封建禮儀思想的束縛。園林建築文化的另一種特色就是老莊思想,體現在建築風格上就是貼近自然,與儒家文化的園林建築相比,在筆直的園林道路中多了很多彎路。

榮國府、寧國府和大觀園就是一個很明顯的對比。榮國府、寧國府的建築都是四四方方的，房屋建築井然有序；而大觀園裏的道路很多都是彎彎曲曲的，園林建築的景物綫條大多是曲綫。"天地與我并存，萬物與我唯一"是老莊思想的重要體現。在《紅樓夢》中作者描寫的每一處景物，都似有似無地體現著這種文化和思想，同時也附有佛教的空靈特色。

　　其實，在中國古代建築文化上，不僅融合了儒家和老莊的思想，佛教建築思想也無形地滲透其中。

　　《紅樓夢》第十七回，雖然是在寫賈寶玉被父親試才，其實是借此把人們自然而然地帶入自然園林建築中。在游園的這一章節，我們可以直接看到這本書中的兩個世界，這兩個世界就是條條框框的儒家世界和老莊思想的超然境界。榮國府和寧國府的建築，永遠都要去迎合諸多煩瑣的禮儀，封建君臣主僕、男尊女卑的規矩，永遠被井然有序、條條框框的建築給束縛著。大觀園就不一樣了，這裏完全是一個可以解放心靈、親近大自然的空間。在大觀園裏，雖然有寬敞的直綫，但是你可以完全不顧一切地去走曲綫，這就是園林建築文化的彈性。在這兩個世界之中，大觀園雖然可以歸爲老莊思想的世界，但它更多偏向於佛家的思想。

　　佛教禪宗是一門體驗非純粹的審美理念的學問，佛教禪宗的思想與園林藝術的審美感受有很多相似的地方。禪宗園林藝術要人擺脱外在世界對人心靈的約束與干擾，在大千世界中以本來面目示人。在物質匱乏的空間中，精神世界卻能飽滿，佛教禪宗文化不僅僅是精神世界的充實，同時也是一種文化藝術的享受，禪宗文化能以一種多角度融合的態度來充盈人生和我們的周邊世界。

不知道大家有沒有發現，園林不僅可供人們娛樂和休閒，也是安撫心靈和療傷的地方，所以寺院就成爲大家常來常往的活動場所。有人說，大多數信衆常來寺院是一種封建的迷信行爲。對於這個觀點，我基本是不贊同的。寺院不僅僅是宗教信仰傳播的場所，同時寺院的園林建築也有著自然的山水風光。西方人和我們東方人不同的地方就是，西方人遇到現實生活中不如意的事情，往往會求助神靈，而東方人一般是求助於山水。我們的山水畫藝術之所以會如此聞名，在文學領域山水文字會如此盛行，園林建築會如此受推崇，或多或少是因爲佛教寺院園林在建築的風格上融合了包容和愜意的主題，將社會、信仰、人文和自然有機地結合在一起。

在《紅樓夢》第十七回中，就無形中把園林文化、文學審美、藝術審美與人們的心靈感悟結合在一起。

話說秦鍾既死，寶玉痛哭不已，李貴等好容易勸解半日方住，歸時猶是淒惻哀痛……賈珍先去園中知會衆人。可巧近日寶玉因思念秦鍾，憂感不盡，賈母常命人帶他到園中來戲耍。

可見，園林真是我們在日常生活中勞累之後一個療傷休息的好地方。曹雪芹雖然在本章節主要寫了大觀園的園林藝術建築,但是《紅樓夢》不管在寫什麽,都離不開藝術與文化、閒情與藝術。曹公在開篇就交代了賈寶玉逛大觀園前後不同的心情,完全不是閒筆。

其實在我國園林建築文化上,佛教寺院的園林建築文化有著不可替代的地位。在寺院園林建築這一塊,如寺院的殿堂與僧人居住的地方,建築與布局就非常考究,首先要考慮到信衆燒香拜佛,同時也要提供世俗人遊覽觀賞的園林。寺院園林不僅有宗教的莊嚴性,同時也有心靈的空靈性,所以很多人都會認爲寺院園林是人間的"净土"。不管在古代封建社會還是當今社會,對於缺乏園林山水的都市而言,寺院園林都備受青睞。寺院園林建築中以叠石爲山,鑿池引水,花草文化與色彩文化融入寺院園林建築中,營造出自然園林景觀。佛教的清規戒律的嚴肅性與寺院園林文化的包容性相結合,使得寺院園林自然而然給人一種神秘的感覺,這也是佛教寺院特有的文化氛圍,是任何園林建築藝術都無法替代的。

佛寺園林追求的是"净",傳統園林建築追求的是"幽"。其實,"净"和"幽"就好像是你中有我、我中有你的事物一樣,是不可區分開來的。如果非要硬生生地把園林建築的"净"和"幽"兩個元素分開,那園林藝術的效果就不會像現在這般受大衆青睞。

大觀園的園林建築也是取一個"幽"字,第十七回中寫道:

(賈政)命賈珍前引導,自己扶了寶玉,逶迤進入山口。抬頭忽見山上有鏡面白石一塊，正是迎面留題處。賈政回頭笑道："諸公請看此處，題以何名方妙？"衆人聽說，也有說該題"疊翠"二字，也有說該題"錦嶂"的，又有說"賽香爐"的，又有說"小終南"的……種種名色不止幾十個。原來衆客心中早知賈政要試寶玉的功業進益如何，只將些俗套來敷衍。寶玉亦料定此意。賈政聽了，便回頭命寶玉擬來。寶玉道："嘗聞古人有云：編新不如述舊，刻古終勝雕今。況此處並非主山正景，原無可題之處，不過是探景一進步耳。莫若直書'曲徑通幽處'這句舊詩在上，倒還大方氣派。"

由"曲徑通幽處"可見大觀園苔蘚成斑，藤蘿掩映，其中微露羊腸小徑的美景。在這裏，寶玉所引用的"曲徑通幽處"是有典故的。他引用了唐朝詩人常建的《題破山寺後禪院》："清晨入古寺，初日照高林。曲徑通幽處，禪房花木深。山光悅鳥性，潭影空人心。萬籟此俱寂，但餘鐘磬音。"這首詩從唐代起就備受贊賞，所題咏的是佛寺禪院，字裏行間表露出寄情山水的隱逸胸懷。旭日初升的清晨，光照深山樹林，踏步登破山，過寺中竹叢小路入興福寺，寺院幽深的後院，置身在幽靜的園林植物之中，隱約傳來了唱經禮佛的聲音。向遠處望去，後院花叢、樹林深處有禪房。這首詩備受歡迎，不僅因爲詩人在文學藝術上的造詣，更多是因爲這首詩對園林建築意境的構思造意優美，很有興味。唐代殷璠評常建詩歌藝術特點爲："建詩似初發通莊，却尋野徑，百裏之外，方歸大道。所以其旨遠，其興僻，佳句輒來，唯論意表。"

第八章 《紅樓夢》的園林建築與佛教思想的愜意

大觀園的園林幽靜，附上了詩人常建委婉含蓄的文字，我們從中可以看出，園林建築藝術的"幽"和佛教寺院園林藝術的"净"是不可分開的。寺院是弘法傳道的場所，供寺僧苦度修行，同時也是人們休息賞玩、陶冶情操的地方。園林建築必然要有宜人的建築風格，所以寺院園林建築要整合園林空間和景觀布局，講究構景的精巧美觀。

《紅樓夢》中大觀園的自然環境幽靜閒適、園林建築耐人尋味，寺院園林建築也是古樸省净、意境渾融。不管是傳統園林建築，還是寺院園林建築，二者都蘊含著傳統文化的魅力和豐富的中國園林美學思想；在二者兼容的同時，園林建築設計還蘊含著中國禪宗文化與傳統文化思想。

繞堤柳借三篙翠，隔岸花分一脈香

很多人喜歡去園林遊玩，我相信我們所讀的一些古典文學場景都會在園林出現，中國的園林文化其實是一種文學藝術的體現。對於佛教園林文化而言，更多的是體現佛教園林文學的審美性和哲理性。

不管是寺院園林，還是我們常見的園林，園林文學藝術所體現出來的無非就是點景，用點景的方式增添景色的雅緻。文學藝術是極具兼容性的，在文學藝術創作的同時還體現出美學藝術，不管是園林建築藝術還是寺院園林建築藝術，都兼具這兩點。

文學藝術絕對不只是體現在字裏行間，而是走進生活，融入大衆的審美情趣中，寶玉和父親游大觀園的時候，就已經把這種文學的態度和高度融入閒適的生活中。

說著，進入石洞來。只見佳木蘢葱，奇花焖灼，一帶清流，從花木深處曲折瀉於石隙之下。再進數步，漸向北邊，平坦寬豁。兩邊飛樓插空，雕甍綉檻皆隱於山坳樹杪之間。俯而視之，則清溪瀉雪，石磴穿雲，白石爲欄，環抱池沿。石橋三港，獸面銜吐。橋上有亭。賈政與諸人上了亭子，倚欄坐了。因問："諸公以何題此？"

這段景色的描寫細緻入微，仿佛文字中的園林景象就在你眼前，這就是文學的魅力所在，讓你根本察覺不到自己正漸漸地融入環境中並被熏陶。園林風景如果沒有人文感化的點景，就會顯得枯燥無味，所以園林文學藝術成爲文學領域不可或缺的一部分。

諸人都道："當日歐陽公《醉翁亭記》有云：'有亭翼然'，就名'翼然'。"賈政笑道："'翼然'雖佳，但此亭壓水而成，還須偏於水題方稱。依我拙裁，歐陽公之'瀉出於兩峰之間'，竟用他這一個'瀉'字。"有一客道："是極，是極。竟是'瀉玉'二字妙。"

讀過歐陽公《醉翁亭記》的人都知道，文中有這麼一句："峰迴路轉，有亭翼然臨於泉上者，醉翁亭也。"講的是山勢迴環，道路盤曲婉轉，有一個四角翹起，遠遠看去像鳥兒張開翅膀一樣，高踞在泉水邊上的亭子，就是醉翁亭。歐陽公是北宋時期政治家、文學家、史學家和詩人，在文學造詣上自然是非同凡響，然而以"翼然"二字爲大觀園的這處景物命名，顯得有些生硬，賈政當然是不滿意的。這倒不是說歐陽公的文學造詣不行，而是園林文學藝術要的就是點題，所以隨便引文是行不通的。

接下來賈政繼續引用《醉翁亭記》中的句子："山行六七裏，漸聞水聲潺潺而瀉出於兩峰之間者，釀泉也。"醉翁亭的景色是非常美的，行六七里的山路，漸漸地聽到了流水的聲音，從兩座山峰之間瀉下來，歐陽公把泉水寫活了，把大自然的野性與渾然全都糅合在這一句話之中，當然是妙到極處。用"瀉玉"來形容大觀園的此處景物，也不足爲過。"瀉玉"原是形容水流潔净清澈，但此處的景色不單單是水流潔净清澈，同時也有佳木蘢葱、花草深處道路曲折的景致，而且"瀉"字在美學的角度缺乏美感，所以被寶玉反駁了。

（寶玉）回道："老爺方才所議已是。但是如今追究了去，似乎當日歐陽公題釀泉用一'瀉'字則妥，今日此泉若亦用'瀉'字，則覺不妥。况此處雖省親駐蹕別墅，亦當入於應制之例，用此等字眼，亦覺粗陋不雅。求再擬較此蘊藉含蓄者。"……"有用'瀉玉'二字，則莫若'沁芳'二字，豈不新雅？"

寶玉這話非常有意思，需要我們細細品味，先是對歐陽公題釀泉表示贊同，然後發表自己的觀點，寶玉強調此處是"省親駐蹕別墅，亦當入於應制之例"，可以説提醒了賈政何爲"應制之例"，也就是説元妃回來省親應皇帝之命，應當是喜事；而歐陽公是因參知政事范仲淹等人遭讒離職，貶到滁州境内，《醉翁亭記》就寫於這個時期，所以在政治背景上顯得格調有些不妥。中國人做什麼事情都要講究一個彩頭，特別在封建大家族中，這等紕漏是絕對不能出現的，所以"沁芳"二字就要比"瀉玉"更有"悟性"，而在文學藝術造詣和園林點景的角度來看，"沁芳"也更勝一籌，再加上後面所提的對聯，就更是珠聯璧合了。

"繞堤柳借三篙翠，隔岸花分一脈香"起到畫龍點睛的作用。這裏説水很深，具體有多深呢？"三篙"，"三"是泛指，如同很多根竹篙加起來的深度。堤岸種植的柳樹把自己的綠色借給了深深的池水。這副對聯妙就妙在寶玉在形容水，却不見一個寫水的字。這樣便把園林文學藝術推上了一個新的高度。

讀多了古文，然後去一些相關的地點遊玩，才知道很多建築背後都是有故事的。比如家喻户曉的《白蛇傳》，大家一提到西湖的雷峰塔，就會想起蛇妖白娘子和許仙的淒美愛情故事，許多這種園林文學背後的典故，都會在寺院園林建築中體現得淋漓盡致。

韶關丹霞山別傳寺有一處建築有這麼一副對聯，特別引人注目，上下聯是"方法加減乘除，丈量東西南北"，橫批是"繩墨"。我們先不問這座寺院這一處建築的來歷，從上下聯的藏頭，就可以看出這是方丈室。而稍稍研究過經書的學者還會發現，上聯大和尚引用的是《心經》

中的"舍利子,是諸法空相,不生不滅,不垢不淨,不增不減",下聯則巧妙地把《佛說阿彌陀經》中的西方十萬億佛土,各個世界中,不同佛陀所在方向引用了進去。

在嶺南佛教寺院園林建築中類似的對聯不計其數。仁壽寺有一副對聯特別吸引眼球,上聯是"仁本慈悲期人群發願慈悲仁如我佛",下聯是"壽緣樂善祝信眾輸誠樂善壽比南山"。上下聯的頭和中間藏有"仁壽"二字,如果問其寺院所在的地方,大家能會意上下聯的最後一個字,便知仁壽寺坐落於佛山這座城市。

寺院對聯如同寶玉在大觀園題對額,不僅要考慮到其文學藝術對應的背景,還要考慮到是否應情應景,恰到好處。相比而言,園林建築的楹聯多帶有閒情逸致,而寺院園林建築的楹聯則增添了幾分莊嚴和宗教味道。

假作真時真亦假,無爲有處有還無

看多了關於園林建築的楹聯,總會有那麼幾副對聯讓你肅然起敬。在江南網師園一座祭祀花神的廟裏,有這麼一副對聯,上聯是"風風雨雨寒寒暖暖處處尋尋覓覓",下聯是"鶯鶯燕燕花花葉葉卿卿朝朝暮暮"。這一副疊字楹聯上聯化用了李清照的《聲聲慢》一詞,語境特別優美,整副對聯的縱和橫都是在寫園林山重水複、鳥語花香的美景。

很多時候,你會感嘆中國古典文學的底蘊竟然在某一座園林中積澱得充滿韵味。每次當我們進入寺院園林去欣賞寺院園林楹聯的時候,會發現中國古典文學通過寺院園林的襯托,愈發顯得博大精深。

寶玉在大觀園試才是足夠精彩的,讓父親賈政非常滿意,寶玉的每一副對聯都寫得非常好。"吟成荳蔻才猶艷,睡足酴醿夢也香",當賈政聽到寶玉對出這副楹聯的時候,心裏是無比的欣慰,一般父親只會做嚴父,這次賈政却由衷地把心中的歡心表露了出來:"這是套的'書成蕉葉文猶綠',不足爲奇。"想來古人是非常有意思的,唐詩"書成蕉葉文猶綠",講的是大書法家懷素練字的時候,不捨得在紙上寫,覺得過於浪費,就用芭蕉葉來練字,以致他的文章仿佛都帶了芭蕉葉的綠色。賈政雖然在以嚴肅的態度説是巧用杜撰不足爲奇,旁人的回答却以古通今:

"李太白鳳凰臺之作全套黄鶴樓,只要套得妙。如今細評起來,方才這一聯,竟比'書成蕉葉'猶覺幽嫻活潑。視'書成'之句,竟似套此而來。"

故事到了這裏,精彩一波接著一波,大觀園試才此時已經又上升到了另一個高度。通常當我們看電視劇或小説時,如果長時間處於故事的精彩和起伏之處,就會感到疲勞。大觀園試才這一情節精彩紛呈,而曹雪芹的厲害之處就是讓此刻的精彩和繁華瞬間落幕,然後以夢境的筆法再次寫到人生的另一個高度。

紅樓夢的開篇曾寫到太虛幻境的楹聯：

（甄士隱）正欲細看時，那僧便說已到幻境，便強從手中奪了去，與道人竟過一大石牌坊，上書四個大字，乃是"太虛幻境"。兩邊又有一副對聯，道是：假作真時真亦假，無爲有處有還無。

開篇的"太虛幻境"是甄士隱的夢境，小說的第五回賈寶玉在游太虛幻境中也出現過。"太虛幻境"本身隱含虛幻無有之意，真真假假，似有似無，一切都是夢幻泡影。寺院園林建築中的文學，總會給人一種朦朧的美，這種美讓你覺得似曾相識，似懂非懂，卻又在你的記憶中揮之不去，甚至有時候還會在某些場合，以園林文學的哲理影響著你。

《紅樓夢》的故事一直在虛幻與現實中交替著。在第十七回，太虛幻境的情景却回到了現實世界中的大觀園，寶玉傻眼了，他覺得自己似乎在哪裏見過。寶玉確實在此之前見過這樣的建築物，不過那是在夢中。

小說第五回寶玉因醉酒做了一個夢，夢中自己到了一個地方，這個地方叫太虛幻境，當時夢中的那個牌坊就是寶玉現在看到的牌坊，寶玉在睡夢中看到牌坊上題有"太虛幻境"四個字，而現實中的大觀園牌坊却沒有字，現實生活中的這個牌坊等著寶玉題字，寶玉忽然呆住了，一旁父親的問話他都沒有聽到。

在這裏，曹雪芹把大觀園園林建築楹聯藝術寫出了一種感覺，這種感覺很超然，無形中帶出了寺院園林建築的文學藝術的感覺。讀到此處，我們細想之前賈政讓寶玉題的匾和對聯，到了這裏似乎是一個轉折。這種轉折好像是在説之前的一切皆爲虛幻，到此處萬籟俱寂才是真實的，所以寶玉呆住了，連父親的問話都不曾聽見。此刻寶玉靜默，是因爲他忽然看到了生命源頭的所在之處，刹那之間，寶玉豁然開朗，這種瞬間的領悟只不過是暫時的，最終會被世人的牽絆糾纏回來。

似乎每個人都會有這樣的經歷，刹那間看到了某一事物而肅然起敬，或有反思。我曾去過潮州千年古刹開元寺，在開元寺内設有嶺東佛學院，在學僧的寮房建築上寫有"爲何來此"四個字。當時我一看到這四個字，瞬間愣在那裏，似乎這四個字在向每一個人叩問生命的源頭。或許這個問題在你的日常生活中一閃而過，但是處在園林建築中却能夠讓你耳目一新、瞬間反思的，多半情況也只有在寺院園林建築文學上了。寺院園林建築上的文學藝術，總是會給人們帶來幾分人生的機鋒，讓你慢慢去領悟，這種領悟在反反復復之間。

珠海普陀寺的寺院大門口是一座非常莊嚴的"五間六柱"牌坊建築，牌坊的牌匾上有精美的雕刻。正面雕刻著華嚴三聖、東方三聖和西方三聖，背面雕刻著龍華三會，是彌勒菩薩在龍華樹下成道的三會説法，雕刻極爲莊嚴。在我國牌坊建築史上，一般都是"一間二柱""三間四柱""五間六柱"。中國的古典建築和園林建築都是在"間"與"進"之間完成的，"間"是指建築物的横向發展。舉個很簡單的例子，一座房子蓋好後，如果不够住了，我們就往兩邊的東房和西房發展空間，在我國這種建築的"間"一般都是奇數，如一間、三間、五間。當建築往東、西發展到一定空間的時候，就轉向"進"了，"進"是向後發展，但是"進"的發展是不分奇數和偶數的。普陀寺的牌坊就是五間六柱。

每當我從普陀寺的牌坊下走進普陀寺園林中時，腦海里都會浮現出甄士隱夢中的"太虛幻境"中的牌坊，這是因爲普陀寺牌坊的楹聯和《紅樓夢》太虛幻境中的楹聯有一絲相近之處，它們都是在楹聯文學藝術審美的基礎上披了一層朦朧的面紗。從外面向普陀寺園林中走進去，我們能在牌坊最中間的那一進看到牌匾上題有"莊嚴法地"四字。接著就是中間兩柱上的楹聯，上聯爲"普陀懸慧日光照三千世界"，下聯爲"禪寺凝慈雲福蔭百萬人天"。每每看到此聯的時候，我都會想，怎樣的一座寺院能有慧日光照、慈雲福蔭、百萬人天的殊勝景象？因爲寺院建築往往在禪宗文化中的"净"的思想下完成這種意境，所以這樣的楹聯並不夸張。當我們從寺院走到"人間"的時候，牌坊中間的牌匾上題有"圓光普照"四字，楹聯上聯是"微妙法門普度衆生登彼岸"，下聯是"莊嚴寶刹建成佛土在人間"。其實這副對聯是非常有含義的，當我們離開佛土境地再次回到"人間"的時候，下聯已經在安慰你"不要捨不得這裏，只要心中有善、有慈悲，其實佛土就在人間"。我們再抬頭看看牌坊上的雕刻，是龍華三會，在《彌勒下生經》記載了彌勒菩薩自兜率天下生人間出家學道，於龍華樹下成正等覺，前前後後三次說法普度眾生。這也寓意著只要你心中有善，懂得精進，即使離開佛國淨土，菩薩也會伴隨你左右。

其實，在淨土和娑婆世界、真實與虛幻、信仰與人性的交替下，事物往往是"假作真時真亦假，無為有處有還無"。大觀園試才，賈寶玉在人生的虛實交替中忽然看到了生命的原點，這也是在警醒我們反思自身的生命境況。在《紅樓夢》中，曹雪芹通過園林建築藝術這一新穎的角度，將人生真相的夢幻與現實、挣扎與解脫、繁華與寂滅演繹到極致。

第九章

《紅樓夢》禪茶一味的人生感悟

櫳翠庵品茶,探索生命的本質

每個人都是製茶的一個角色

妙玉和襲人,修行的兩種態度

生命中最大的可悲是執著

菩提只向心覓,何勞向外求玄

莫攀比,幸福來源於惜福

素瓷盛滋味，品茶含人生。《紅樓夢》對茶文化的描寫可謂別具一格。鐘鳴鼎食、詩禮簪纓之家的茶文化，在不同的角色和場合之下，被曹雪芹賦予了不同的生命意義。

櫳翠庵品茶，探索生命的本質

在閱讀《紅樓夢》每一回的文字之前，我總會留意回目，在閱讀正文的時候，也會時不時通過故事情節領悟回目的寓意。

第四十一回回目"賈寶玉品茶櫳翠庵，劉姥姥醉臥怡紅院"上下聯形成鮮明對比，人生的基調躍然於字裏行間。上聯是品茶，下聯是喝酒；櫳翠庵是祥和寧靜的淨土，怡紅院則是繁華興盛的場所，作者通過"品"和"醉"二字把此章節所要表達的思想透露出來，然後用"櫳翠庵"和"怡紅院"切換人事場景，以描寫詩禮簪纓之家的茶文化。

關於茶文化的文章數不勝數，但我特別青睞《紅樓夢》中體現出來的茶文化，因爲其中有著美好和智慧。曹雪芹是非常有智慧的人，他對茶文化的瞭解不是一般人所能達到的，他的思維也打破了常規。他以喝酒爲主，然後再渲染喝茶的高雅。這種順序安排令人耳目一新。他對喝酒、品茶的描寫，讓讀者在迷情和覺悟之中體驗生命的精彩。

第九章 《紅樓夢》禪茶一味的人生感悟

在《紅樓夢》諸多描寫茶文化的章節中，"賈寶玉品茶櫳翠庵，劉姥姥醉臥怡紅院"這一回把生命的高度和智慧的深度推到了高峰。這一回目與《華嚴經》中"牛飲水成乳，蛇飲水成毒"有异曲同工之妙。在這裏，我們聊的不是文字，而是禪者聖人講的"明心見性"。同樣是水，牛飲用了便化成牛乳供給大家，而蛇飲了之後却化成毒液攻擊其他生靈。同樣是水，却因爲不同的生命本質而有著不同的性能。"賈寶玉品茶櫳翠庵，劉姥姥醉臥怡紅院"也是如此。同樣是水，泡成茶和釀成酒後完全是兩種不同的狀態，一種可以讓你醒，一種可以讓你醉，讓你在亦醉亦醒之間，領悟人生修行的真諦。

每個人都是製茶的一個角色

我見過很多人點評《紅樓夢》書中的角色，似乎總會拿是與非來下定義。妙玉這一角色時常被讀者提及，很多讀者表示不喜歡妙玉。不僅如此，在《紅樓夢》中，衆人對妙玉的印象也多是不喜歡。第五十回"蘆雪庵爭聯即景詩"，寶玉因聯句不上，被李紈挑弄，李紈罰寶玉去櫳翠庵折紅梅，說了一句話："我才看見櫳翠庵的紅梅有趣，我要折一枝來插瓶。可厭妙玉爲人，我不理他。如今罰你去取一枝來。"由李紈的話語來看，妙玉的脾氣性格是不招一般人待見的。

品茶櫳翠庵這一段寫得非常精彩。妙玉是一個愛乾净的人，偏偏在這一回出現了劉姥姥，林黛玉形容劉姥姥是

"母蝗蟲",可見劉姥姥這位農村老太婆的形象是多麼的邋遢。讀到這裏,我瞬間覺得這一回不是在講喝酒喝茶,而是在寫生命這場修行的一種體驗。每個人都有一塊心靈上的净土,這塊净土是不容外人侵犯的。

作者善於發現每個人內心的底色,不僅是劉姥姥在完善妙玉生命中的修行,就連賈母也爲妙玉的修行添上了完美的一筆。

衆人吃完酒,便出去散步,到了櫳翠庵,賈母見到妙玉之後,說了一句非常微妙的話:"我們才都吃了酒肉,你這裏頭有菩薩,冲了罪過。我們這裏坐坐,把你的好茶拿來,我們吃一杯就去了。"聽到賈母這句話,你會覺得她也是在質問妙玉:什麼是修行?修行不就是修你那顆"忍辱心"嗎?雖然賈母説吃了酒肉不方便見菩薩,到底還是衝撞了妙玉,但是介於身份的問題,妙玉也只能把這些放在心裏。

賈母的話是在爲劉姥姥的形象作鋪墊。《金剛經》上講:"無人相,無我相,無衆生相,無壽者相。"她就是讓妙玉不要執著於表象,跨過修行的這一關。《金剛經》云:"若以色見我,以音聲求我,是人行邪道,不能見如來。"如來在哪裏?如來就在我們的起心動念之間。如果能用智慧自我反觀,我們的內心世界就能如如不動,來去自由。劉姥姥和賈母的出現,就是在檢驗妙玉的根基穩不穩。她們是妙玉生命修行中的使者,帶著不同的使命爲生命的修行增添幾分考驗。《六祖壇經》講過:"心平何勞持戒，行直何用修禪。恩則孝養父母，義則上下相憐。讓則尊卑和睦，忍則衆惡無喧。若能鑽木取火，淤泥定生紅蓮。苦口的是良藥，逆耳必是忠言，改過必生智慧，護短心內非賢。日用常行饒益，成道非由施錢。菩提只向心覓，何勞向外求玄？聽說依此修行，西方只在目前。"修行不是打打坐、念念佛就完事了，而是要在日常生活中去追尋，只向心覓，不向外求。作者通過劉姥姥這一角色，向我們講述了"忍辱"和"寬容"。這種對內在美的探索，就是我們追尋美好的方向。

劉姥姥的出現就像是菩薩示現，專門去踐踏你珍愛的東西，來修煉你的忍辱心，消除你的我慢心和我執心。劉姥姥是這一章節的一條綫，她先去踐踏妙玉的底綫，反復地去檢驗妙玉那顆修行人的心。她似乎要讓你明白，你爲什麼去堅持，就要爲什麼而痛苦。所以劉姥姥是自在的，妙玉是痛苦的。曹雪芹寫這一章節，是在寫你的"忍辱"和"寬容"。接下來劉姥姥在僭越妙玉執著的界限之後，又進入了寶玉的那塊净土。

《紅樓夢》對劉姥姥等人在櫳翠庵喝完茶後，各自散去的路上，有一段非常精彩的描寫：

劉姥姥覺得腹內一陣亂響，忙的拉著一個小丫頭，要了兩張紙，就解衣。衆人又是笑，又忙喝他："這裏使不得。"忙命一個婆子，帶了東北角上去了。那婆子指與他地方，便樂得走開去歇息。那劉姥姥因喝了些酒，他的脾氣不與黃酒相宜，且又吃了許多油膩飲食，發渴多喝了幾碗茶，不免通瀉起來，蹲了半日方完。及出廁來，酒被風禁，且年邁之人，蹲了半天，忽一起身，只覺眼花頭眩，辨不出路逕。

作者在刻意強調劉姥姥農村人的樸實，在作者的文字中，我看到的是慈悲和美好。曹雪芹是在還原人性本來天真的面目，只不過那些是非場中的人多半執迷於表象，追尋那些華而不實的東西罷了。富貴和貧賤就是分別出來的。

曹雪芹寫劉姥姥大小便，在我們常人眼中是俗不可耐的。在現實生活中，一位年長的婆婆隨地大小便，是多麼讓人不能接受的事情。但是在《紅樓夢》中，曹雪芹就能賦予這種自由以美好。就是這樣的文字，讓讀者的內心世界為之一震。曹雪芹對這件事的特寫，一則再次渲染邋遢的劉姥姥和喝酒的賈母對妙玉的各種考驗，二則為下文劉姥姥醉臥寶玉的怡紅院作鋪墊。

寶玉是愛美的，他的房間也是非常精緻潔淨的，擺設著奇花異草，就連空氣中也彌漫著各種奇香，但是劉姥姥就進去了，而且是醉酒進去的。我們看《紅樓夢》，寶玉的心靈一直被踐踏著，在這裏曹雪芹有意安排了劉姥姥去踐踏。當心中的美好被破壞、被踐踏，你還能淡然，你的人格就完美了。在人生旅途中，我們往往會被那些自以為美好的表象所迷惑，而面對種種不順或者與我們背道而馳的事情就覺得被侵犯和僭越，殊不知往往就是這些與我們正常思維相反的事物，才是真正賦予我們生命美好的東西。

記得一次在寮房喝茶，有一位信衆因爲手沾灰塵沒有清洗就開始拜水墨觀音像，遭到另外一位居士的呵斥，並說這是不如法的，髒手拜佛是沒有恭敬心。我當時就對那位居士說："佛的智慧不是讓你注重形式，而是講究實質。你說他髒手拜佛，是對三寶的不尊敬，沒有恭敬心，那我告訴你，這幅水墨觀音圖是一位沒有手的殘疾畫家用腳畫的。腳比手更臭，按你的說法，豈不是更加不尊敬佛陀了？但是這幅莊嚴的觀音像，讓你拜了一遍又一遍，這又是什麼道理呢？"

每每讀到劉姥姥用妙玉的茶杯，喝醉酒進寶玉的房間，我都會想起這個故事，不是曹雪芹在批判妙玉，也不是那些讀者對妙玉片面排擠，而是你的智慧不到，你的包容心不夠。曹雪芹寫劉姥姥，不是在講三六九等，而是在向我們講"慈悲"和"相容"，如同茶葉與水一樣，只有互相融合，才能稱之爲茶。

妙玉和襲人，修行的兩種態度

《紅樓夢》一直在講兩個世界，但是這兩種世界又混在同一個世界中，不停地交錯著。第四十一回就是這樣，當襲人得知劉姥姥醉臥賈寶玉房間的時候，你會覺得有妙玉的行爲作對比，襲人的人格瞬間升華了。

寶玉的房間非常考究。一個小門，門上掛著蔥綠撒花軟簾，四面牆壁玲瓏剔透，琴劍瓶爐皆貼在牆上，錦籠紗罩，金彩珠光，連地下踩的磚，皆是碧綠鑿花，這麼奢華的裝潢是劉姥姥以往不曾見過的。襲人一進房間，就聽得鼾聲大響，忙進來，只聞見酒屁臭氣，滿屋一瞧，只見劉姥姥扎手舞腳地仰臥在床上。這段文字描寫的完全是兩個世界，富貴與貧窮、考究與邋遢就這樣交錯著。

在這裏，我忽然發現，襲人和劉姥姥對髒的定義是完全是不同的。當劉姥姥慌慌張張醒來的時候，認爲沒有吐到被子上就是萬事大吉。劉姥姥有個很細微的動作，一面説一面用手去揮，襲人見劉姥姥這般，忙將鼎內貯了三四把百合香，仍用罩子罩上。劉姥姥雖然是鄉下的老太婆，但她是自在的，因爲她沒有大觀園裏的那些約束，會讓你覺得富貴有時候就是一種麻煩，是一種約束，而劉姥姥呈現出來的是一種樸實。

我經常給師父倒茶，一次換了新的器皿，我對泡茶的器皿不敏感，無法判斷杯中水的溫度，又怕燙到師父，於是等水稍冷，我倒出一點到手指上試過之後，才把杯子遞給師父。師父笑著説："你怎麼不學耀慧，直接把手放進杯去，然後説，好了，師父，水不燙了，您喝吧！"耀慧也是師父的徒弟，打小就跟著師父。雖然在教育程度上我占有優勢，但是我忽然發現，師父往往駡我作爲侍者却遠不如沒文化的耀慧打理事情周到。雖然某些事情我處理得比他妥帖，但是師父永遠都是爲耀慧的舉動而感動。師父永遠在教你如何做人，如何去調伏自己的內心。他喜歡耀慧傻乎乎地把手放進杯子裏試探水溫，也會對你把水倒出來試探水溫的舉動加以指正。無論是行、住、坐、臥，師父永遠在講心。平常心是道，直心方可方便修行。他不願意看到一個拘謹的你，一個無法完全自我表達的你。

《紅樓夢》就能賦予你這樣的感悟，如同書中的"風月寶鑒"一樣，讓你從正反兩面去看你的人生。接下來，襲人的一番舉動與妙玉形成了鮮明的對比。在這出戲裏，她倆就是大觀園版本的"風月寶鑒"。

面對劉姥姥的酒氣熏天，襲人悄悄笑道："不相干，有我呢，你隨我出來"，並交代劉姥姥若有人問起剛才去哪兒了，就撒謊説醉倒在山子石上打了個盹兒。這不免讓人覺得襲人也有可愛之處，她的可愛來源於她的寬容。

妙玉剛要去取杯，只見道婆收了上面的茶盞來。妙玉忙命將那成窰的茶杯別收了，擱在外頭去罷。寳玉會意，知為劉姥姥吃了，他嫌髒不要了。

這段描寫是至關重要的。成窰取材是用白地青花，簡裝五色，爲今古之冠。妙玉極爲珍愛的成窰的茶杯就這樣被劉姥姥給褻玩了，這對妙玉來説無疑是一種痛苦。劉姥姥的這種舉動，就是讓妙玉不要執著於表象，要放下，可妙玉偏偏不懂。

看看襲人的舉動，再對比妙玉心中的那份被踐踏的苦，你會豁然開朗，原來事情可以這樣去處理。

曾經有人罵出家人就會裝，有位信衆聽後特別憤怒，

纵有千年铁门槛

终须一個土馒頭

天目道人

到我這兒抱怨那個詆毀僧衆的人。從這位憤怒的信衆的言行舉止中，我若有所思，不慌不忙地説："你也不必生氣，能説出家人是裝出來的人，必定是有大智慧的人，你又何苦生氣呢？他都没吹風，你倒自己摇起來了！"那位憤怒的信衆甚是不解，一臉疑惑地看著我。我緩緩地説："你退一步想想，修行的過程必定先是裝，後是修啊，如同蓋房子一樣，大體框架都没有裝好，你如何在細節裝潢上進行修理呢？所以我説能講這句話的人必定是有大智慧的人，一般的人還真是説不出這樣的話！"不久，這話傳到那個詆毁僧衆的人耳裏，他頓時覺得自己的言語過於猖狂，從此對出家人畢恭畢敬，自己對三寶的恭敬心也建立了起來。

其實妙玉和襲人對待劉姥姥的態度，就是修行的兩種態度。劉姥姥是誰並不重要，重要的是你如何去修行，在成長的過程中如何去讓自己的生命完美，這才是至關重要的，劉姥姥的出現就是讓我們放下，有了放下，慈悲之心自然而然就出來了。

生命中最大的可悲是執著

妙玉的判詞是"欲潔何曾潔，云空未必空。可憐金玉質，終陷淖泥中"，講的是妙玉執著"净"和"空"，最終却還是陷進了骯髒的淤泥之中。

妙玉在生命中遇到了劉姥姥，是一次升華。妙玉在修行道路上遇到了劉姥姥，是她幾世修來的福報，劉姥姥的出現是對妙玉的生命提前作了一個預告。

妙玉愛乾净，分別心非常嚴重，這是修行人的大忌，所以賈寶玉對她講世法平等，但是妙玉却無比執著。櫳翠庵品茶，劉姥姥出現在妙玉面前，并且用了妙玉收藏的杯子喝茶。劉姥姥的出現，更多的是在根本上破除妙玉的我執和分別心。

在我們的生命中，最大的悲哀就是執著。往往你執著什麼，你的人生就會因爲什麼而謝幕。劉姥姥似乎就像經書中的菩薩，變成邋遢奇怪的人物出現在妙玉的生命軌迹之中，或讓你難受，或讓你在痛苦中若有所思。她的出現是讓妙玉要懂得放下，只有心中放空了這些東西，才能心懷大千，包容更多東西。

但是妙玉不明白，她差點把這個所謂的髒杯子拿出去扔掉，最後在寶玉的勸説下，把杯子給了劉姥姥。通讀《紅樓夢》時，你會發現，妙玉的執著是她最大的可悲。往往你越是怕什麼，在你的生命中就越會出現什麼，這在常人眼中可以理解爲一種考驗或者是磨煉。但是在這種種考驗和磨煉的背後，也有生命的預示。似乎從妙玉把杯子給劉姥姥的那一刻開始，妙玉就注定被世俗所玷污，她已經陷入了淤泥的骯髒之中，生命的前兆和預示就出來了。

妙玉執著於潔癖，最終被强盗用悶香劫走，白白玷污了自己。"欲潔何曾潔，云空未必空。可憐金玉質，終陷淖泥中"，我認爲不是在講妙玉的命運，而是在講一個人因爲執著而經歷的痛苦。

菩提只向心覓，何勞向外求玄

曹雪芹很會教育人，也極具給讀者開示的智慧。劉姥姥在櫳翠庵吃茶後，醉酒誤入賈寶玉臥房，有這麼一段描寫讀起來讓人若有所思：

（劉姥姥）剛從屏後得了一門，才要出去，只見他親家母也從外面迎了進來。劉姥姥詫異，忙問道："親家母，你想是見我這幾日沒家去，虧你找我來。那一位姑娘帶你進來的？"他親家只是笑，不還言。劉姥姥笑道："你好沒見世面，見這園子裏的花好，你就沒死活戴了一頭。"他親家也不答。便忽然想起："常聽大富貴人家有一種穿衣鏡，這別是我在鏡子裏頭呢罷。"

如果不是劉姥姥後面猜想到是鏡子，並去印証，你會有種摸不著頭腦的感覺：爲什麼這會兒會蹦出一個親家母？後面印証是鏡子的過程才是值得我們去反思的。每個人看別人的缺點容易，反觀自己的不足却很難。有時候我們嘲笑別人，却不知道嘲笑別人的同時，自己才是那個值得去嘲笑的人。曹雪芹在這裏就寫出了這種人格。劉姥姥對著鏡子嘲笑鄉下的親家母，說："你好沒見世面，見這園裏的花好，你就沒死活戴了一頭。"這時候的劉姥姥不知道這是鏡子，當然自我的尊嚴和愛護是不存在的，那個我執也是沒有的。但是劉姥姥說這一句話是有原因的。在前一回，王熙鳳要打扮劉姥姥，博取賈母的開心，有這樣一段文字值得關注：

賈母便揀了一朵大紅的簪於鬢上。因回頭看見了劉姥姥，忙笑道："過來帶花兒。"一語未完，鳳姐便拉過劉姥姥，笑道："讓我打扮你。"說著，將一盤子花橫三豎四的插了一頭。賈母和眾人笑的不住。劉姥姥笑道："我這頭也不知修了什麼福，今兒這樣體面起來。"眾人笑道："你還不拔下來摔到他臉上呢，把你打扮的成了個老妖精了。"劉姥姥笑道："我雖老了，年輕時也風流，愛個花兒粉兒的，今兒老風流才好。"

劉姥姥的厲害之處，就是明知道眾人在戲弄她，她都能很默契地配合。在大觀園裏，劉姥姥這樣一個鄉下的老婆子，扮演著許多角色，不免讓人覺得，這一切都是戲，如夢幻泡影。劉姥姥面對什麼樣的處境都是自在的，被人戲弄反而覺得年輕時候沒有過的風流，到老了之後却能填補上，是多麼快慰的一件事情。劉姥姥是知足、隨遇而安的代表，她用自己那顆簡單淳樸的心感化著眾人。

面對鏡子的時候，劉姥姥對著鏡子中的自己說"你好沒見世面，見這園裏的花好，你就沒死活戴了一頭"，這是多麼值得我們去反思。我們往往喜歡批評別人的錯誤，却從來不去反思自己的不足。人這一生，簡單活著便是修行了，然而很多人本末倒置，過分地追尋外在的物質，從來不向內心的精神世界尋覓。每個人都在追求幸福，其實幸福只是一種感覺，信仰才是一種充實。

劉姥姥在醉酒的時候看清了自己，反而醒悟了，如果換成是林黛玉或者別人，說一句她不願意聽的話，或只是一個怠慢的舉動，估計都要一個月不得安寧。曹雪芹在強調一種人格，是精神世界的人格。對比賈瑞的"風月寶鑒"，同樣也是鏡子，你會發現，曹雪芹在不同的人身上，總會折射出讀者生活的一面。這樣的文字是有靈魂的，劉姥姥對著鏡子自嘲，就是在向我們講要時刻懂得懺悔。

莫攀比，幸福來源於惜福

在第四十一回，曹雪芹一直在作對比，游離於不同角色之間、櫳翠庵和怡紅院之間、喝酒與喝茶之間、妙玉和襲人之間，通過對比，去刻畫每一位角色的人格。

藝術最大的價值就在於它能感染一切，無論是在藝術之中，還是在現實之中，它都可以讓你有所思，有所得，在藝術中找到現實的啓發，在現實中找到藝術的魅力。曹雪芹就是通過人與人之間微妙的關係和對比，將生活和藝術融入讀者的心靈。

賈母道："我老了，都不中用了。眼也花，耳也聾，記性也沒了。你們這些老親戚，我都不記得了。親戚們來了，我怕人笑我，我都不會。不過嚼的動的吃兩口，睡一覺，悶了時，和這些孫子孫女兒玩笑一回就完了。"劉姥姥笑道："這正是老太太的福了。我們想這麼著也不能。"賈母道："什麼福，不過是個老廢物罷了。"說的大家都笑了。賈母又笑道："我才聽見鳳哥兒說，你帶了好些瓜菜來。叫他快收拾去。我正想個地裏現撷的瓜兒菜兒吃。外頭買的不像你們田地裏的好吃。"劉姥姥笑道:"這是野意兒,不過吃個新鮮。依我們想魚肉吃,只是吃不起。"

這是劉姥姥初次見賈母時兩位老人家的談話。這也許是很少人會去注意的一段對話,但我每次讀到這裏的時候,都會一遍遍去揣摩這兩位老人家的心理活動。或許有些人從字裏行間讀出來的是對賈母的羨慕,但是我從這段文字中看到的是她的悲傷和無奈。因爲生活太安逸、太富裕了,什麼事情都由別人來代勞,自己完全可以不用費什麼頭腦和力氣,不知不覺中生活就變得乏味無趣,什麼山珍海味、古玩稀奇都覺得毫無新意,這樣的生活對於賈母來說是沒有生命、沒有靈魂、過於單一的,對比劉姥姥晚年身體硬朗,還能在田裏下種,人生以苦爲樂,豐富多彩,所以賈母覺得自己的人生晚年毫無價值,把自己說成"老廢物"也是毫不夸張的。

然而在這一回中,賈母會帶劉姥姥逛園子,向劉姥姥解說這是什麼樹,這是什麼石,這是什麼花,賈母說得開心,劉姥姥領會得用心。兩個在不同層次的老太太,竟然會聊起這樣的話題,聊得這麼投機。或許在賈母內心深處,能爲劉姥姥解說自己的所見所識,是一件非常充實的事情。因爲賈母每天過得非常空虛,在別人眼中她有諸多晚輩承歡膝下,但是那份晚年的孤獨,却沒有一個人能看到、能體會到。也只有在曹雪芹的筆下,你才能讀出老年人的那份孤獨。在劉姥姥眼裏，窮怕了自然魚肉是稀奇的，但是在賈母眼裏，雖嘗盡了世間百味，卻也覺得很是乏味。

隨著故事的發展，曹雪芹又把人生的對比轉到大姐兒和板兒這兩個小孩子的身上。

那大姐兒因抱著一個大柚子玩的，忽見板兒抱著一個佛手，便也要佛手。丫鬟哄他取去，大姐兒等不得，便哭了。眾人忙把柚子與了板兒，將板兒的佛手哄過來與他才罷。那板兒因玩了半日佛手，此刻又兩手抓著些面果子吃，又忽見這柚子又香又圓，更覺好頑，且當球踢著玩去，也就不要佛手了。

曹雪芹把人與人之間的對比放在兩個不知世事的孩子身上，確實是一個值得我們思考的問題。大姐兒是鳳姐的女兒，自然是嬌生慣養的，在這個大家族裏，自然是要風得風，要雨得雨，要不到東西就會哭，眾僕人就開始著急，從板兒手中騙到佛手，然後給大姐。

這兩個孩子之間的"鬥爭"也許在寓意著什麽，在這得與捨之間，曹雪芹似乎在講修行，不論是兩個老人也好，還是兩個不知世事的孩子也罷，得與捨總是虛虛假假不停地交錯著，構成複雜的人生，讓你無法預測命運將是如何。

一位豐衣足食的老人，卻羨慕在田裏耕作的老人；富貴人家的孩子，卻喜歡窮人家孩子手中的玩意。別人的東西，哪怕再不濟，也覺得比自己的好。正是這樣的對比，讓我覺得幸福永遠只是一種感覺，你的幸福往往建立在別人身上，或許在你羨慕別人的同時，別人也在羨慕你。這些話語我們都懂，可又有幾個能做到惜福、珍惜當下呢？

第九章 《紅樓夢》禪茶一味的人生感悟

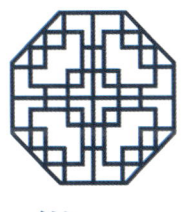

第十章
從『六和敬』看《紅樓夢》的管理之道

從「六和敬」談探春管理大觀園的方法
薛寶釵「身和同住」的思維
賈母,不痴不聾不做家翁

從"六和敬"談探春管理大觀園的方法

經常在佛門聽到一句話："啐啄同時。"意思是不管是教育還是管理，要懂得適度和寬嚴相濟之道。《禪林寶訓》有這樣的一句話："姁之嫗之，春夏所以生育也；霜之雪之，秋冬所以成熟也。"取四季萬物成長的規律，春風夏雨，可以使大地萬物在這個環境下生育；秋霜冬雪，也可以幫助萬物成熟。

《紅樓夢》中探春這一角色，雖然無法走出封建家族的局限，但是在閨閣中，在家庭範圍內，探春不失良機地做出一番大改革，得到了很多人的好評。

一提到家族的管理，頭號人物便是王熙鳳。在《紅樓夢》中多次提及王熙鳳對家族的管理，無論是在手段上，還是技巧上，王熙鳳的管理風格都令人側目。

這裏鳳姐兒來至三間一所抱廈內坐了，因想：頭一件是人口混雜，遺失東西；第二件，事無專執，臨期推委；第三件，需用過費，濫支冒領；第四件，任無大小，苦樂不均；第五件，家人豪縱，有臉者不服鈐束，無臉者不能上進。此五件實是寧國府中風俗……

從這段文字的描寫，可見王熙鳳天生具備管理能力，在管理上王熙鳳能夠非常敏銳地捕捉問題，從現象看本質，最重要的是在複雜的關係網之中，王熙鳳能夠在人我利益面前做到左右逢源。面對重要人物，王熙鳳凡事能夠晓之以理；然而对待下人，王熙凤却是恩怨分明，极具手腕，眼里容不得半粒沙子。"脂粉队里的女英雄"的称号不是浪得虚名。

由于凡事都要亲力亲为，操劳过度，掌家政实权的王熙凤流产了，又因调养问题，导致王熙凤暂时不能料理家务。在此因缘之下，第二个人物——贾探春上场了。

贾探春以管理者的身份一出场，便对家族进行了改革。在《红楼梦》第五十六回中，通过贾探春对家族的人文制度管理这一过程，我们不难发现，探春是一位非常有产业意识和商业意识的女强人。在处理事情这一块，探春进退皆宜、用行舍藏，是典型的儒家思想的代表。而在管理家族的过程中，她力除宿弊，利合同均，上下打理又进退皆宜，与王熙凤这位"领导"之间宽严相济，配合得非常到位，极具佛家圆融智慧的管理风范。

王熙凤非常欣赏探春的气魄。首先在气度上，探春是所有姑娘当中的佼佼者。王熙凤做事懂得去迎合上级，在诸多琐碎的事情之中，王熙凤的作风基本是以大局为重，把利益看得比较重。而探春就不同，她的行事风格多半是受自己庶出身份的影响，很多事情都能考虑到下人。同时，探春也是极具眼光的人，能够从大观园之中看出很多的经济之路。在利益分配上，探春一方面可以从大格局上开源节流，另一方面又能额外产生利益分配。

由此可见，探春和王熙凤的不同之处是，王熙凤喜欢邀功，出事便脚底抹油找替死鬼；而探春却不是，凡事她都能適度處理，考慮到王熙鳳的存在。

都忙勸他："趁今日清淨，大家商議兩件興利剔弊的事，也不枉太太委托一場。又提這沒要緊的事做什麼。"平兒忙道："我已明白了。姑娘竟說誰好，竟一派人就完了。"探春道："雖如此說，也須得回你奶奶一聲。我們這裏搜剔不遺，已經不當，──皆因你奶奶是個明白人，我才這樣行；若是糊塗，多歪多妒的，我也不肯，倒像抓他乖一般。豈可不商議了行？"平兒笑道："既這樣，我去告訴一聲。"說著，去了半日方回來，笑說："我說是白走一趟。這樣好事，奶奶豈有不依的？"

這一段描寫看似不經意，但是這裏面的關係非常微妙，涉及管理上的敏感問題。探春雖然在這次"掌權"中能夠裁斷一些事情，但是面對利益的分配，探春考慮到王熙鳳的存在，也正是王熙鳳平日裏的做事風格，探春才提出讓平兒請王熙鳳示下，這樣的舉動看似多餘，其實是一種做人做事的智慧。一則，探春尊重王熙鳳，並不是忘舊之人。二則，關係到利益的事情，探春非常謹慎，雖然有九成的把握，但還是以示下的名義探探王熙鳳的想法。三則，探春非常懂得借力打力，這事王熙鳳知道了，要麼反對，要麼支持，王熙鳳如果點頭了，自然會邀功；另一方面有王熙鳳的點頭，探春也好行事。

這就是典型的"啐啄同時"舉動。蛋要孵出小鷄的時候，小鷄在殼裏磕叫"啐"，母鷄在殼外磕幫助小鷄出殼的舉動叫"啄"，這需要極其默契的配合，同時還要講究時機，才能有新生命的誕生。探春就是在這種處事風格下，將新的改革建立起來的。

在"六和敬"的管理思維上，探春以"利和同均"的方式贏得了大家的一致稱贊，同時也爲府中的開支提供了不少方便之門。

何爲"六和敬"？佛教徒雖有七衆弟子的分別，但在僧侶的團體生活中有一個共同的標準，這個標準叫作"六和敬"。"六和敬"即身和同住、語和無諍、意和同悅、戒和同修、利和同均、見和同解。這"六和"雖分爲六種，亦可攝爲兩種，即理和與事和。

在中國佛教寺廟中，僧伽爲了維護道場長遠的共住與和諧，寺院的僧侶組織要有一個機制來做兩件事：一是宣揚佛教核心，保持僧伽組織的核心凝聚力；二是捋順管理關係，以保持道場正常管理的暢通。這兩件事可以分成三個方面的內容：佛教的世界觀、共住的道德規範以及"六和敬"思想。"和敬"是對人我兩方面來說的，所謂"和"，即"外同他善"；所謂"敬"，即"內自謙卑"。

薛寶釵"身和同住"的思維

在大觀園裏，最能得人心的可算是薛寶釵。薛寶釵是典型的儒家學派的人，保持人我之間的關係平衡是薛寶釵的強項，這一點王熙鳳都比不過她。如果站在管理的角度來看薛寶釵的一貫行爲作風，你會發現薛寶釵是一個不折不扣的管理型和經營型人才。

第五十六回雖然在講探春給大觀園進行一次興利除弊的改革，但在改革的過程中，薛寶釵的能力也全然展現了出來。比如，關於這次改革產生的分紅，大家一致認爲入大賬目不好，探春提出意見：

"若年終算賬歸錢時，自然歸到賬房，仍是上頭又添一層管主，還在他們手心裏，又剝一層皮。這如今我們興出這事來派了你們，已是跨過他們的頭去了，心裏有氣，只說不出來，你們年終去歸賬，他們還不捉弄你們等什麼？再者，這一年間管什麼的，主子有一全分，他們就得半分。這是家裏的舊例，人所共知的，別的偷著的在外。如今這園子裏是我的新創，竟別入他們手，每年歸賬，竟歸到裏頭來才好。"

家族的賬目是非常龐大和複雜的，在女人堆裏，財政大權基本都是王熙鳳在暗箱操作維持運營，旁人是沒有辦法插手的。

面對分紅的疑惑，大家拿不出一個折中的辦法，在此之際，薛寶釵的產業頭腦就使上了。

寶釵笑道："依我說，裏頭也不用歸賬。這個多了，那個少了，倒多了事。不如問他們誰領這一分的，他就攬一宗事去。不過是園裏的人的動用。我替你們算出來了，有限的幾宗事：不過是頭油、胭粉、香、紙，每一位姑娘幾個丫頭都是有定例的；再者，各處笤帚、撮簸、撣子，並大小禽鳥鹿兔吃的糧食。不過這幾樣，都是他們包了去，不用賬房去領錢。你算算，就省下多少來？"

薛寶釵的這句話是非常有智慧的，她的意見和大家一致，認爲把錢送到大賬房不好，自己在院内成立一個小賬號更加不妥，索性提出一個兩全其美的法子——以物易物。很多人會認爲薛寶釵非常世故，但是回頭想想，那些風花雪月的事情的確爛漫，如果放在現實生活中，却往往行不通，因爲感性和理性有時候就處於對峙的狀態。想想薛寶釵的家庭背景，這麽大的一個家業壓在她一個女兒家的身上，即使世故，也是被現實逼出來的，換成林黛玉絶對是不行的。

薛寶釵事事留心，凡事能够事無巨細地關心，各種身份的人，也都逃不過薛寶釵的眼睛。大家或許還記得二十七回，寶釵撲蝶時遇到小紅的一幕。

寶釵在外面聽見這話，心中吃驚，想道："怪道從古至今那些姦淫狗盗的人，心機都不錯。這一開了，見我在這裏，他們豈不臊了。況才説話的語音，大似寶玉房裏紅兒的言語。他素昔眼空心大，是個頭等刁鑽古怪東西。今兒我聽了他的短兒，一時人急造反，狗急跳墙，不但生事，而且我還没趣。如今便趕著躲了，料也躲不及，少不得要使個'金蟬脱殼'的法子。"

從薛寶釵一系列的心理活動中，我們能够看出這位傳統女性的本分行爲。在薛寶釵的封建觀念中，丫頭就要恪守本分。再從另外一面看，單單從門外聽丫頭們的對話，薛寶釵能夠很快地判斷出是寶玉房裏的丫頭小紅,"他素昔眼空心大,是個頭等刁鑽古怪東西",不僅能從聲音中判斷出是何人,并且還能知道這個人的脾氣秉性。

賈府上上下下,奶奶們和小姐們都難以讓你一一顧及和記住,下面的媽媽們和僕人都好幾百號人,更何況是房裏的丫鬟。在《紅樓夢》中,小紅第一次給寶玉倒茶的時候,寶玉連自己房裏的人都不認得,倒問小紅是誰,可是薛寶釵却能瞬間判斷出你的主人是誰,多大的人,什麽脾氣秉性。

其實薛寶釵和平兒是同一號的人,均有事不關己不開口的風格,特別是在賈府這個人多口雜的環境中,更要做到身業清净、和睦相處。此時薛寶釵的"身和同住"行爲便體現出來了,薛寶釵爲了避免在園中的關係衝突,急中生智使了個金蟬脱殼的法子,敷衍了過去。

面對利益的分配,薛寶釵絕對不會像其他人那樣,鼠目寸光地去爭取眼前的利益,薛寶釵很懂得進退皆宜,從來不會有僭越之舉,比如面對大觀園的經營,寶釵是左右逢源,僅僅提意見,但不置身其中。

平兒忙笑道:"跟寶姑娘的鶯兒,他媽就是會弄這個的。上回他還採了些曬乾了,編成花籃、葫蘆,給我頑的。姑娘倒忘了不成?"寶釵笑道:"我才贊你,你倒來捉弄我了。"三人都詫异,問道:"這是爲何?"寶釵道:"斷斷使不得。你們這裏多少得用的人,一個一個閒著没事辦,這會子我又弄個人來,叫那起人連我也看小了。我倒替你們想出一個人來：怡紅院有個老葉媽，他就是茗煙的娘，那是個誠實老人家。他又和我們鶯兒的娘極好。不如把這事交與葉媽。他有不知的，不必咱們說，他就找鶯兒的娘去商議了。那怕葉媽全不管，竟交與那一個，那是他們私情兒，有人說閒話也就怨不到咱們身上了。如此一行，你們辦的又至公，於事又甚妥。"

薛寶釵事無巨細的性格再次表現了出來，她不僅知道小紅的脾氣性格，就連寶玉身邊茗煙的娘是什麼樣的人物也能知曉，確實非常厲害。同時，薛寶釵面對大家所獲得的利益，能夠很明確地認識到自己是局外人，園中營私肥己的現象太嚴重了，薛寶釵知道這裏面沒那麼簡單，雖然是改革，但畢竟不是遊戲，薛寶釵明確自己的身份，也知道這不是玩一玩的兒戲，所以面對大觀園改革初期取得的業績，薛寶釵能夠很清楚地意識到自己不算是其中的一分子，並能以局外人的身份推薦大家想不到的可用之人，共同分擔大家所產出的分紅。

薛寶釵的這種舉動無疑是"六和"思想中的"利和同均"。利和同均強調利益的共同分享。這是一個慈悲的、智慧的、和平的、共同繁榮的理念。對於一個健全的團體來說，法治精神是必不可少的，但是如果缺乏共同分享的意識，那麼整個團體趨於分化或崩潰的致命傷就難以治癒。利和同均的"同均"也並非平均分配，而是指共同分享——分享經歷、艱難、成就和希望等，所以薛寶釵只參與了成就和希望的分享，對於經濟利益，薛寶釵保持著高度清醒的頭腦，這一點不得不讓人佩服。

也正是因爲薛寶釵這般的爲人，才深得大家的信賴，就連史湘雲都會向薛寶釵叙説自己的家事，由此可見薛寶釵在爲人行事方面的智慧。

賈母，不痴不聾不做家翁

只要提到賈母，我就不得不説賈母是每一位母親的榜樣。

賈母會給我一種家庭親情的感動，雖然是年邁的老人，但是從她的慈祥神態中，我看到了她福慧雙修的智慧。

賈母，金陵世勛史侯的女兒，榮國公賈代善之妻，賈赦、賈政、賈敏的母親，出身於"阿房宫，三百里，住不下金陵一個史"的世家大族，嫁的是"賈不假，白玉爲堂金作馬"的豪門貴胄。她是榮寧二府的老祖宗，兒孫滿堂，享盡了富貴。

或許在大衆眼中賈母年事已高，年老體衰，但是整個大觀園中，看似老眼昏花的賈母，其實最有生活品位，懂得吃、懂得玩、懂得茶道等一系列雅俗共賞的活動。賈母的閲歷讓她洞悉人生，面對家族的種種問題，她是睁一隻眼閉一隻眼。比如賈璉在鳳姐生日那天偷情的事情，賈母採用的是折中的處理辦法。她明明能預知家族的頽廢和敗落，却不力挽狂瀾試圖改變，而是安享天年，最終在富貴中離開人世。

賈母不去牽掛什麼，看透了世故，面對劉姥姥也不以世故待人，知曉兒孫的種種事端，却不會因此過多地懊惱難過，這是賈母的過人之處。

在我們的生命中，像這樣的長者太少了。比如母親，一生盼望兒女長大，然後學業有成，接著事業、家庭、家業等，一輩子總有操不完的心，面對種種無常的事物，百般擔憂，萬分爲兒女思慮。而賈母却不這樣，在一些事情，賈母能通過自己的能力穩定局面，而對於有些事情，賈母則選擇隨緣而遇。

一個大家族，面對種種是非和突來的事件都是正常的，比如晚輩們家長里短的矛盾，賈母都能看得極爲平淡。唐朝時期，郭子儀多次打敗叛軍，扭轉了唐王朝的敗局，唐王將昇平公主嫁給郭子儀之子郭曖。一次小兩口吵架，郭曖説了幾句氣話，昇平公主就回娘家告狀，郭子儀帶郭曖向唐王請罪，唐王不以爲然道："不痴不聾，不做家翁，下一輩吵架何必計較？"

我們的賈母頗有唐王的風度，"不痴不聾，不做家翁"不僅是做人的方法，更是一種處理人際關係的智慧，賈母這一點值得我們佩服。

第十一章

《紅樓夢》讖語,生命的一種預言和開示

- 賈政,一位促使讀者懺悔的「父親」
- 賈母謎語中的兩種預示
- 元春,燈謎讖語中的虛幻人生
- 迎春,燈謎讖語中的機關算盡皆是空
- 探春,燈謎讖語中的解脫
- 惜春,燈謎讖語中的禪意
- 「檻外人」和「檻內人」的生命預示

賈政，一位促使讀者懺悔的"父親"

記得小時候讀《紅樓夢》時，我從來不去品味賈政的任何心理動態。在我看來，在所有的人物當中，賈政永遠都進入不了我的世界。

然而，《紅樓夢》是一本在不同年代、不同年齡去讀，都會有不同人生感悟的書。如今再讀，賈政帶給我的感動很簡單——他就是一位"父親"。

第二十二回"製燈謎賈政悲讖語"讓我意識到賈政作爲一位父親的悲哀。

往常間只有寶玉長談闊論，今日賈政在這裏，便惟唯唯而已。餘者湘雲雖系閨閣弱女，却素喜談論，今日賈政在席，也是鉗口禁言。黛玉本性懶與人共，原不肯多語。寶釵原不妄言輕動，便此時亦是坦然自若。故此一席雖是家常取樂，反見拘束不樂。賈母亦知因賈政一人在此所致，酒過三巡，便攆賈政去歇息。賈政亦知賈母之意，攆了自己去後，好讓他們姊妹兄弟取樂的。賈政忙賠笑道："今日原聽見老太太這裏大設春燈雅謎，故也備了彩禮酒席，特來入會。何疼孫兒孫女之心，便不略賜以兒子半點。"賈母笑道："你在這裏，他們都不敢說笑，沒的倒叫我悶。你要猜謎時，我便說一個你猜。猜不著是要罰的。"

此時剛好是過年，賈政朝罷，見賈母高興，況在節間,本想晚上也來承歡取樂,不料因爲賈政平日的嚴肅,讓大家拘謹了起來。此時的賈政有著三重身份:對於王夫人而言,他爲人夫;對於賈母而言,他爲人子;對於賈寶玉而言,他爲人父。此時的賈政很想拋開一切孔孟之道的綱常,摘下以往的面具,可是兒子、母親都不買他的賬,這是多麼可悲的一件事情!此時的賈政是孤獨的,所以賈政說,"何疼孫兒孫女之心,便不略賜以兒子半點"。讀到這裏你會忽然發現,以往嚴肅的賈政原來也會在母親面前撒嬌,再細細讀來,這也是賈政的心裏話,同時也是賈政平日的苦衷。

《紅樓夢》的偉大之處就在於曹雪芹能够很準確地抓住每一位角色的内心世界。比如賈政在席上問賈蘭爲何不來,然後叫上賈蘭,看似閒筆,其實是作者有意讓賈政安排的,主要目的是爲了博取賈母開心,取"四代同堂"的美意。其實,賈母見兒子這番訴苦,豈有不心疼的道理?俗話說"手心手背都是肉",所以賈母故意給賈政出猜謎賞罰的"刁難",實則是對賈政的一番憐愛。

讀到這裏,你會忽然發現,書中的賈政原來就生活在我們的身邊。在我們的身邊總會有類似於賈政的人,這個人可能是你嚴肅的父親,也可能是你學生時期的老師,或是你的長輩,或是你的師父,在我們看來,這種人是不容易親近的。其實在這裏面隱藏了一個很大的人我之間的間隙和内心世界的空虛。賈政的悲哀和無奈,是否也是我們身邊那些受忽略或不被理解的親人的悲哀和無奈?通過賈政這一段心靈剖白,我們是否應該好好反思或者懺悔一下呢？

"人無善惡，善惡存乎爾心。"我聽過很多人罵賈政，其實，爲人夫、爲人子、爲人父的賈政何來善惡對錯之分？

在我們生命中總有一些不容易相處的人，和他們交往久了，我們自然會時常提醒自己不該行事懈怠。相反，那些輕慢猥褻的人容易接近，久而久之我們有可能變得放肆。且不論賈政的教育方式是否有問題，但他深深明白"子不教，父之過"，他對晚輩的"黑臉"其實是一種大愛。"褻狎易契，日流於放蕩；莊厲難親，日進於規矩"，說的就是這個道理。

賈母謎語中的兩種預示

在《紅樓夢》這本書中，有過無數次預言，但是最讓我感到合情合理的一次預示就是賈母給兒子賈政出的謎語——猴子身輕站樹梢。

謎底是"荔枝"。猴子站在樹梢上就是"立枝"，"荔枝"是"立枝"的諧音。或許早有定數，賈母的這個謎語無形中就成了讖語，預示著這個家族終究是"樹倒猢猻散"。賈母就代表著這棵大樹，這也正合老祖宗說的"家有一老如有一寶"。賈母就是這個家族的寶貝，一旦這個寶貝失去了，家族必定是敗落的。

讖語是一種預言，具有前瞻性。也就是這幾年，當我再讀起賈母這個謎語的時候，才漸漸明白，這個謎語不僅僅預示著家族的結局，也是對家族的一個警告，更準確地説是一種開示，可惜的是没有一個人能够參透其中的奥妙。

有這樣一件事情，每次讀到賈母的謎語，我都會想起。記得有一次，一件很簡單的事情我却辦得很糟糕，心想趁師父高興的時候把這個壞消息告訴師父，可逃過一劫。豈料師父早已知道這件事情，當我把事情的來龍去脈告訴師父之後，師父半微笑半嚴肅地説："你怎麽比哼哼還笨！"師父表達得很委婉，用"哼哼"來比喻猪，可見師父是高興的，也正是因爲如此，我才敢和師父玩笑："師父，您上午還罵我像只猴子，天天蹦跳，怎麽下午我就變成猪了。師父，到底我聽哪句話？"豈料師父不慌不忙地説了一句："是，你是猴子，天天賣弄自己的屁股，生怕别人不知道你哪一塊紅！"我頓時啞口無言。

師父不是嘴損，而是擔心我因爲貢高而變得我慢，所以用盡一切辦法來擊碎我心中所謂的自信，然後重新給我樹立正知正見的信心。每每想到這裏，賈母的這個謎語給我最大的啓發就是她不僅僅在預示家族"樹倒猢猻散"的結局，同時也在暗示家族的一個致命的現象。比如秦可卿喪葬的鋪張浪費、家族生日宴的奢華、元妃省親的奢靡等，不都是一種財富的賣弄和顯擺嗎？俗話説"樹大招風"，豈有"不倒"之理？

喜笑悲哀都是假

貪求思慕惡因癡

天目道人

元春，燈謎讖語中的虛幻人生

大年之夜猜燈謎是因元春而起，中途却因賈政的到來讓大伙拘謹了起來，然後又有賈母讓兒子賈政猜燈謎的舉動。賈母的謎語起了一個頭，有著極大的人生象徵意義，同時也預示著家族日後的命運。接下來出場的就是元春了。

"能使妖魔膽盡摧，身如束帛氣如雷。一聲震得人方恐，回首相看已化灰。"賈政很快就猜出來是爆竹。中國有一句老話"嗜慾深者天機淺"，意思是説天機本來是每一個人都可以看得明白的，只不過是與太多人性的欲望捆綁在一起，無法領悟其中的意思。當賈政看完所有謎語的時候，似乎明白了點什麽，看著過節的氣氛，似乎所有謎語的謎底都與眼下的氛圍有些格格不入，甚至大煞風景。

很多我們無可預料的事情的發生並不是空穴來風的，如賈母的謎語一般，元春的謎語也在預示著一切事物的緣起緣滅。

"能使妖魔膽盡摧，身如束帛氣如雷"，這是一句非常氣派的話，古人認爲爆竹能驅妖魔、辟兇邪，爆竹本身在燃燒的時候發出巨響，威懾四方。元春的這種比喻是不是很像她省親回來的時候的那番氣派，那氣勢和排場是多麽的浩大。這一句在講這個家族的繁盛。

"一聲震得人方恐，回首相看已化灰"，這一句轉折得很快，特別是"回首相看已化灰"一句，由爆竹化爲烟灰的現象，寫出了事物的本性，同時也寫出生命的一種現象——繁華之後的沒落與空寂。這一句是在寫元春的宿命。自元春省親一派熱鬧之後，沒多長時間，元春就去世了，而賈家失去了元春這座在皇宮的靠山，勢力也日漸削弱。

"一聲震得人方恐，回首相看已化灰"一句非常有禪宗的味道。當歡場變成荒臺，一切都是無常。誠如《金剛經》所說，"一切有爲法，如夢幻泡影，如露亦如電，應作如是觀"，當爆竹烟花燦爛過後化爲烟灰，一切都是虛幻。所以，我時常說《好了歌》就是統領全篇的偈言，甄士隱的注解是提前對讀者的開示，衆人的燈謎就是對《好了歌》的闡述與注脚。

迎春，燈謎讖語中的機關算盡皆是空

如果説《紅樓夢》中機關算盡的人物，頭號人物當屬王熙鳳，但是誰也不曾料到曹雪芹會讓迎春出一個謎底是算盤的燈謎。

"天運人功理不窮，有功無運也難逢。因何鎮日紛紛亂，只爲陰陽數不同"，這是迎春的謎面。算珠碰在一起，或分或離，在打算盤的人沒有算出數之前，誰也無法預料他們是離是合，需要看注定的結果是什麼。所以，迎春把這個現象用"天運"來形容。"因何鎮日紛紛亂，只爲陰陽數不同"中，"鎮日"即"整日"，算盤的算珠，整天上下進退乘除加減，紛紛不止，"陰陽"指奇數和偶數。

迎春的這個謎面就是她本人日常的寫實，性格懦弱無能的迎春，諢名"二木頭"，是戳一針也不知"哎喲"一聲的老實人。賈府"四春"各有愛好，相對應的是琴、棋、書、畫。迎春善棋，棋和算盤全是被人操控之物，完全沒有自己的主觀意願；誠如迎春的謎面一般，迎春本人也是沒有主見意願之人，迎春為人處世上也如同算珠和棋子一般只知退讓，任人欺侮。讀到此處，我在感慨生命現象的執迷和領悟的同時，也贊嘆曹雪芹具有靈性的文字，能夠將每個生命的本來面目描畫得如此透徹。

迎春最後的命運是被自己的丈夫欺凌而死。迎春嫁入孫家，在孫紹祖家挨打受罵，橫遭摧殘。迎春嫁入孫家是迫不得已的。作為父親用來還債的棋子，本身就只知道退讓的迎春，在封建倫理的約束下，也只能聽從父親的安排，最終斷送自己性命。

算盤的算珠是合是離，到頭來都是要清空的。迎春只知道退讓的性格，這讓我想起曾在白雲山能仁寺的當家如緣法師寮房裏看到的一幅字帖："認人不必探盡，探盡則多疑；知人不必言盡，言盡則無友；責人不必苛盡，苛盡則衆遠；敬人不必卑盡，卑盡則少骨；讓人不必退盡，退盡則路寡。"迎春就是如此，骨子裏沒有一點做人的硬氣，爲人處世一路後退，導致自己無路可走，命喪黃泉。

迎春的這算盤要比王熙鳳打得更讓人明心見性。

探春，燈謎讖語中的解脱

在衆人的謎語之中，探春的謎面讓我看到了一種解脱，這也是我讀衆人謎語時最爲欣慰的一件事情。苦難人生，解脱是一件非常殊勝的事情。

"階下兒童仰面時，清明妝點最堪宜。遊絲一斷渾無力，莫向東風怨別離。"這是探春的謎面，風箏乃飄動之物，能否飛得高遠，完全取決於牽引的那根綫。這根綫牽連著放風箏的人和風箏，一旦綫斷了，風箏就會飛走。

老人家經常把遠嫁的女子形容成斷了綫的風箏，意思是一旦嫁了出去，就很難聯繫。在《紅樓夢》的判詞中，探春的判詞是："才自精明志自高，生於末世運偏消。清明涕送江邊望，千里東風一夢遙。"

《紅樓夢》的文本框架就像是我們念的經書，首先是一番交代和總結，比如《金剛經》開篇"如是我聞，一時，佛在舍衛國祇樹給孤獨園，與大比丘衆千二百五十人俱"，首先就交代了緣起。《紅樓夢》也是如此，曹雪芹通過賈寶玉的夢，交代了主要角色的緣起和緣滅，將所有人都總結在一個夢中。探春就處於夢境中，等到賈寶玉夢醒之後，往後的諸多人生旅程之中，就是從緣起開始講起，來分解這個夢。

如果把探春的判詞比喻成偈子，那麼她的謎面就是對這個偈子的注解，兩者遙相呼應。如果你用心去看《紅樓夢》，就可以發現裏面所謂的玄機就是我們日常生活中的執迷，一切玄機只不過是我們執迷的眼睛把自己的那顆心給蒙蔽了。誠如《六祖壇經》中所說："菩提般若之智，世人本自有之，只緣心迷，不能自悟。"除夕賈政猜燈謎，從謎面中，賈政能感知到賈家的人事因果和預示，但是盤中之謎一直無法解開，暗自糾結不知爲何，這也是《六祖壇經》所說的一個現象："當知愚人智人，佛性本無差別，只緣迷悟不同。所以有愚有智。"

不知道大家有没有看過皮影戲，表演時藝人們在白色幕布後面，一邊用手操縱著皮影人物，一邊用當地流行的曲調唱述著故事，非常有意思。皮影戲和木偶戲一樣，都是受人的操控。我覺得對於我們眾生而言，特別具有諷刺意味。有時候，我覺得周邊的生活就是一場皮影戲，無形中被人操控著。每當讀起探春的謎面，盡管我知道探春最後遠嫁他鄉，與親人骨肉分離，但是我還是會爲探春這根斷了綫的風箏感到慶幸，因爲相比而言，遠嫁他鄉的探春要比生活在賈府好得多，至少探春擺脫了在賈府如同皮影戲一樣的生活。這對探春而言是一種超然，更是一種解脫。曹雪芹安排了探春如此的命運，是爲了讓人在絕望之處看到希望。

惜春，燈謎讖語中的禪意

我經常說《紅樓夢》是一面鏡子，將不同的角色拿來對照。王熙鳳與探春的管理對比、同爲丫頭的襲人與晴雯的性格對比、平兒與小紅的對比、劉姥姥和賈母的對比、遁世者妙玉與惜春的對比，其實都是一種對照。妙玉和惜春之間的對照更有意思：一個是身在紅塵之外，心却在紅塵之內；一個則是身在紅塵之內，心却向往紅塵之外。妙玉和惜春的人生軌跡，總讓人感覺是造化弄人。惜春最後的人生是走向佛門。

《紅樓夢》給惜春的判詞是"勘破三春景不長，緇衣頓改昔年妝。可憐綉戶侯門女，獨臥青燈古佛旁"，預示了惜春最後的出家。"緇衣頓改昔年妝"一句特別有意思。"緇衣"有一層意思是僧尼的服裝，借指僧人。這句話之所以有意思，就在於這個"頓"字用得好。"頓"在佛教暗指"頓悟"的意思。惜春的頓悟是因爲她眼見一切事情的發生，賈府由盛到衰的過程、三位姑娘各自的命運、黛玉和寶玉的生離死別等，讓她格外感受到命運的無常。她飽看別人的痛苦，深刻體會到人生的衆苦，所以選擇了出家，不論其造化，惜春比任何一個人都自在。

惜春的判詞揭露了她出家的結局。在惜春的謎面上，她把自己與佛的因緣全都表達了出來，極具禪意。

"前身色相總無成，不聽菱歌聽佛經。莫道此生沉黑海，性中自有大光明。"謎底是海燈。佛前海燈也叫長明燈，供於佛像前，內貯大量燈油，燈芯燃燒著火焰，長年不滅。

"前身色相總無成，不聽菱歌聽佛經。"海燈的前身是油，普普通通的油，它的色相只是一攤液體，如果不是改變了形態，裝了燈芯，也不會在佛前每日聽著經文。正是燈芯的出現，才讓燈油大放光明，具備了菩提自性。《六祖壇經》中講："菩提般若之智，世人本自有之，只緣心迷，不能自悟。"燈油的心迷之處在於沒有燈芯，這個燈芯代表著自悟。不管是油還是海燈，只不過是色相罷了。《金剛經》曾云："凡所有相，皆是虛妄；若見諸相非相，即見如來。"凡是所有一切的相，我們都要將它當成是虛妄的，只要不去執著於它，就會產生智慧。

"莫道此生沉黑海，性中自有大光明。"海燈的光芒看似暗淡，其實心中一直自放光明。六祖惠能把我們的色身比喻成城池，把眼、耳、鼻、舌比喻成城門，心是國土大地，性在心中；把性比作國家的大王，如果性不在心中，就好比國家沒有主一樣，性在，身心都在，性不在，身心俱無。在《六祖壇經·疑問品》曾云，"性在身心存，性去身心壞。佛向性中作，莫向身外求。自性迷即是眾生，自性覺即是佛"，說的就是這個道理。佛在自性本性中作，而海燈的性就是燈芯，燈芯是用來點燃海燈的，佛性的燈芯一旦被點燃，自然可以大放光明。

"檻外人"和"檻內人"的生命預示

在我們的生活中有一種現象，我相信大家都經歷過。比如今天你眼皮子跳了一天，就會老感覺預兆著有什麼會發生，或好或壞，種種現象會在事情發生之前有過兆頭。其實在我們生活中，這樣的預兆不計其數，多半是我們的心之所至，才導致不同的結果。在《紅樓夢》中，曹雪芹用了一種非常微妙的寫法，表達出了生命的一種預示。

在賈寶玉生日那天，妙玉賀壽寫了一句"檻外人妙玉恭肅遥叩芳辰"，賈寶玉感到費解，如果不是賈寶玉遇到邢岫煙，根本想不到用"檻內人"對妙玉的"檻外人"。

古有詩句："縱有千年鐵門檻，終須一個土饅頭。"實質是在講無常的佛教義理，妙玉自稱爲"檻外人"是有典故的。

清朝康熙時期發生過"拜褥事件"。拜褥是行跪拜禮所用的墊褥，有保護膝蓋的作用。順治十三年（1656），紫禁城內建立奉先殿，同時立下規矩，在每年的特定節日，如元旦、冬至、歲末、萬壽、册封等奉神位於前殿。康熙三十三年（1694），禮部向皇上匯報本年度祭祀的祭奠安排，在安排的議程中提及把太子胤礽的拜褥也放在大殿的門檻之內，是想暗示皇上太子現已經長大成人，可以爲皇帝分擔一些事情了。皇上看到這個祭祀的議程之後，下命令指示禮部尚書沙穆哈將太子的拜褥放置在門檻之外，而不是放在門檻之內。禮部尚書沙穆哈左右爲難，無奈之下請求皇上把自己的命令記錄在史書工筆裏，於私心而言，日後好爲自己開脫，不料觸怒了皇上而被罷官。

在這個歷史典故中，我們明白了也只有天子纔可以稱爲"檻內人"。而妙玉的性情是看不慣富貴強權，無法忍受達官貴族的強勢，所以她不願意作"檻內人"，佛門所稱"檻外人"是淡漠紅塵的出家之人。然而,邢岫煙看到"檻外人"妙玉,便説"僧不僧、俗不俗、男不男、女不女",原因在於妙玉還執著於以俗世中的人情,來表達自己的孤傲。

然而,寶玉稱自己爲"檻内人",其實是反著意思表達的,意思是説自己不是一般的凡俗之物。而曹雪芹的隱筆之法,其實是把佛門世界比擬爲"檻内",俗塵世界比擬爲"檻外",因爲佛門的門檻是非常高的,放下一切我慢和執著,才能初步進入此門。但是,《紅樓夢》的結局告訴我們,佛門世界的妙玉最後因爲自身的命運,掉入了淤泥的世俗世界,成了佛門的檻外之人;而寶玉却在種種的迷情與覺悟之後,成了佛門的檻内之人。

每次讀到"檻外人"和"檻内人"的時候,我都會警醒自己,凡事都有它存在的原因!

第十二章

《紅樓夢》生活中的覺悟與禪

柳湘蓮打薛蟠,菩薩的另一種示現

柳湘蓮、尤三姐,情機轉得情天破

平兒,「願將佛手雙垂下,摩得人心一樣平」

賈寶玉,一位擔當人間諸苦的菩薩

賈赦,貪得無厭不得安

誰是前世埋你的那個人

柳湘蓮打薛蟠，菩薩的另一種示現

《紅樓夢》第四十七回寫柳湘蓮暴打薛蟠，是一段大快人心的文字。書中的薛蟠總會讓你因他的不堪而感到種種的不滿。曹雪芹用這段文字加以描繪，替讀者出了口惡氣。

《紅樓夢》在寫女兒王國的同時，也在寫男性的天地。這兩個不同的圈子完全呈現出不同的人生態度。曹雪芹筆下的男人，在人性上可分為性、情、愛、欲四類，而薛蟠的沉迷與墮落，作者就是站在性的角度來描述的。

湘蓮見他如此不堪，心中又恨又愧，早生一計，便拉他到避人之處，笑道：「你真心和我好，假心和我好呢？」薛蟠聽這話，喜得心癢難撓，乜斜著眼，忙笑道：「好兄弟，你怎麼問起我這話來！我要是假心，立刻死在眼前。」湘蓮道：「既如此，這裏不便。等坐一坐，我先走，你隨後出來，跟我到下處，咱們提另喝一夜酒。我那裏還有兩個絕好的孩子，從沒出門的。你可連一個跟的人也不用帶，到了那裏，伏侍的人都是現成的。」薛蟠聽如此說，喜得酒醒了一半……

薛蟠雖然齷齪，但也傻得可愛，甚至傻到連別人調侃他的話都無法分辨。接下來，薛蟠赴約的文字寫得更有味道。

湘蓮見前面人迹已稀，且有一帶葦塘，便下馬將馬拴在樹上，向薛蟠笑道："你下來，咱們先設個誓，日後要變了心，告訴人去的，就應了誓。"薛蟠笑道："這話有理。"連忙下了馬，也拴在樹上，便跪下說道："我要日久變心，告訴人去的，天誅地滅。"一語未完，只聽"噹"的一聲，頸後好似鐵鏈砸下來，只覺得一陣黑，滿眼金星亂迸，身不由己，便倒下了。湘蓮走上來瞧瞧，知他是個笨家子，不慣挨打，只使了三分氣力向他臉上拍了幾下，登時便開了果子鋪。薛蟠先還要掙扎起來，又被湘蓮用腳尖點了兩點，仍舊跌倒……

這一回的回目是"呆霸王調情遭毒打"，讀這段文字，讓我對這個"毒"字有了更深的理解。柳湘蓮知道薛蟠禁不起打，只使了三分氣力，向他臉上拍了幾下，踹他的時候也只是用腳尖點了兩點。曹雪芹的文字是有生命力的，讀到這裏，我忽然明白了，柳湘蓮打薛蟠，正像是菩薩示現，來度化薛蟠一般。

"呆霸王調情遭毒打"，這個"毒打"並不是出手狠的意思。人生在世，其實我們中毒更深，貪嗔痴是毒，情仇愛恨也是毒，生老病死更是毒，怨憎會、愛別離、求不得、五蘊熾盛都是毒，真正能打薛蟠的並不是柳湘蓮，而是他自己。柳湘蓮的出現，只不過是"以色設緣"，先以欲望來牽制薛蟠，然後給他一番教訓。

在藏傳佛教中，寺院的一些佛像並不像漢傳佛教的寺院那般莊嚴。在藏傳佛教的寺院中，我們所看到的佛像有金剛怒目的，或嗔，或喜，或怒，甚至有些現恐怖相，通過種種不同的示現展現在你眼前,讓你心生敬畏。

"以色設緣"的方式,在佛教中是一種行方便法門的佛教義理傳播途徑。柳湘蓮引誘薛蟠的欲望,讓我想起了"提籃觀音"的傳說。

提籃觀音是三十三變身觀音中的一個化相,也有人稱之爲馬郎婦觀音。唐代流傳的馬郎婦的故事中,馬郎婦就是魚籃觀音的前世。《續玄怪錄》記載,唐大曆年間在延州有一位非常有名的縱淫的女子,可以說是人盡夫之,年輕的男子都爭著與她交遊,跟她親熱,甚至陪睡她都不會拒絕。但是幾年後她就死了,與她陪睡的男人們沒有一個不悲傷的,統統湊錢爲她下葬。因爲這女子無家,就直接埋在了路邊。大曆年中從西域遠道而來的胡僧,在此墳墓前擺設香案焚香敬拜。圍觀的人感到奇怪,胡僧說:"大家有所不知,此乃鎖骨菩薩慈悲施捨,世俗的願望無不曲意順從,在塵世間的事情已經圓滿。"

《觀音感應傳》中提到,觀音爲了教化人們,變成了提籃賣魚的美艷女子,得到了很多男子的青睞。觀音要求只有在第二天能誦《普門品》《金剛》《法華》者才願意下嫁,但嫁人後須臾就死了。我們可以看出,無論是延州女子的縱欲,還是觀音的變化,她們的做法都是宣揚佛法,傳法度人,懲惡勸善的。

提籃觀音化身爲美麗的女子,勾起了凡夫俗子的欲望,然後以色引誘,讓他們在對色欲的渴求中背誦經文。這個過程是不是很像柳湘蓮引誘薛蟠的過程?先應允薛蟠的喜好，然後以兩個絕好的孩子爲誘餌，把薛蟠帶到無人的地方對他一頓好打。我們再來對比一下柳湘蓮是如何度化薛蟠的。

（柳湘蓮）一面説，一面又把薛蟠的左腿拉起來，朝葦中淨泥處拉了幾步，滾的滿身泥水，又問道："你可認得我了？"薛蟠不應，只伏著哼哼。湘蓮又撕下鞭子，用拳頭向他身上擂了幾下。薛蟠便亂滾亂叫，説："肋條折了。我知道你是正經人，因爲我錯聽了傍人的話了。"湘蓮道："不用拉旁人，你只説現在的。"薛蟠道："現在沒什麽説的。不過你是個正經人，我錯了。"湘蓮道："還要説軟些才饒你。"薛蟠哼哼著道："好兄弟。"湘蓮便又一拳。薛蟠嗳了一聲道："好哥哥。"湘蓮又連兩拳。薛蟠忙嗳喲叫道："好爺爺，饒了我這没眼睛的瞎子罷。從今以後，我敬你怕你了。"湘蓮道："你把那水喝兩口。"

或者對於大衆讀者而言，讀到這段文字會覺得大快人心，拍手叫好，但是我却不這樣認爲。如果説曹雪芹這段文字的描寫能消除你對薛蟠的心頭之恨，那這段文字是失敗的，因爲曹雪芹把你的嗔恨心調動起來了，這是非常恐怖的。

讀者的這種心理是極爲常見的。我時常批評現在對外營業的素食館，本來開一家素食館是多麽有功德的事情，但是現在的素食館，流行用素食、素菜做成色相如同魚、鷄、鴨這一類的葷菜，更離譜的是甚至味道也如同這些葷菜。雖然這些菜都是用豆制食品做出來的假象，但是我認爲這種舉動比殺生還要恐怖。雖然你沒有殺生，但是從味道和色相的假象上，你已經調動了食素者的殺生欲望，在欲望上去造孽，是多麼恐怖的一件事情啊！一旦欲望生起，諸多惡業就會如影隨形，這是典型的"借刀殺人"的案例。所以我說曹雪芹安排柳湘蓮打薛蟠的情節，並不是爲瞭解讀者的心頭之恨，而是通過薛蟠的挨打，讓薛蟠明白胡作非爲的因果。

再細看薛蟠捱打的這段文字描寫，可以發現薛蟠還是挺賴皮的。在剛挨打的時候，他心裏還是不服氣，一味地耍嘴皮子，但是柳湘蓮絕不輕饒，逼得薛蟠乖乖認錯。人最大的固執就是不願意承認自己的過錯與不足，這是嚴重的我執的表現。以前的薛蟠就是這樣。而柳湘蓮對薛蟠的一頓好打，就像是禪宗道場師父對徒弟的棒喝一樣，把徒弟的我執我慢給棒喝到九霄雲外，然後重新樹立心中的念頭。柳湘蓮打薛蟠也是這樣，一直把薛蟠逼到死角，從好兄弟到好哥哥，然後再從好哥哥到好爺爺，最後逼得薛蟠喝髒水。這如同讓我們接受生命中最不能接受的東西，面對社會的現實，然後以我們最不能接受的東西來成全我們，這就是生命的感動和修行的殊勝。

毀掉我們的不是我們所憎恨的東西，而恰恰是我們所熱愛的東西。

提籃觀音以色設緣，在戒色戒欲的佛教中，化娼救淫的行爲有著深厚的佛理基礎。人們常説佛不度無緣之人，以色設緣的佛教義理，看似菩薩"行方便"，其實就是以

第十二章 《紅樓夢》生活中的覺悟與禪

"空""無相""無作""無我"等作爲法門，以便熏修其心教化衆生。雖然菩薩自身陷於五欲的污泥中，但是一旦正法弘揚，就會抽身而去，牽出欲界。在中土封建傳統文化中，這種行如妓女般的菩薩是不可能被接受的，因此在我們中原的佛教文化中，很少這樣的典故。而在《紅樓夢》中，我們能從傳統的文學中看到這樣的佛教文學，確實是一件非常令人感動的事情。

柳湘蓮、尤三姐，情機轉得情天破

讀《紅樓夢》這本書，很多人會爲柳湘蓮和尤三姐兩人的結局感到可惜，我却不然。當尤三姐揮劍自刎的那一刻，雖然心中刹那間寒凉，但是想到尤三姐對人格捍衛的那份堅持，我覺得她爲當時的女性進行了一場革命。

《紅樓夢》開篇寫道："因空見色，由色生情，傳情入色，自色悟空。"很多讀者會疑惑柳湘蓮爲何出家，甚至有人懷疑他是否已頓悟和放下。其實《紅樓夢》開篇已經講得非常清楚了，尤三姐的剛烈和美貌，讓柳湘蓮自色悟空。

柳湘蓮的清高讓我領悟到清高其實也是一種我慢的表現。如果不是因爲柳湘蓮的清高和對這社會的唾棄，也不至於退婚而讓尤三姐顏面無光，揮劍自刎。

在柳湘蓮的生命中，尤三姐的出現就是來了却他在俗世的塵緣。《紅樓夢》的故事往往都是有預示性的，柳湘蓮的劍就是暗示斬斷情絲。尤三姐五年的苦苦等待，最終換來了柳湘蓮的退婚。尤三姐畢生的情愛付之東流，於是由色生情，以色悟空，最終了却了自己。

柳湘蓮的綽號叫"冷郎君"，並非指柳湘蓮爲冷心冷面之人。古人言"情最難久，故多情人必至寡情"，也就是說情愛這個東西最難長久，所以感情豐富的人反而會顯得淺薄無情。我們是普通人，一旦用情，必定會執著，得不到必定會痛苦。人生之中，愛別離苦和求不得苦，也許比生老病死要更痛苦，這種感覺叫作"生不如死"。對於無拘無束的柳湘蓮而言，他的清高多半來源於他的無拘無束，這也是柳湘蓮最後出家遁入空門的原因所在。

"情到深處情轉薄"用來形容柳湘蓮和尤三姐是最恰當不過了。後來柳湘蓮意識到自己的清高毀了尤三姐，那時候的柳湘蓮用情至深，但是因爲所愛之物求不得而覺得人生苦惱，漸漸地心生懺悔，直到放下執著，看破出家。尤三姐五年光陰的苦苦等待，却換來所愛之人對自己靈魂深處的懷疑。尤三姐深感人情之凉薄，瞬間覺悟，了却情絲，揮劍自刎，完成了生命的覺悟。

尤三姐揮劍自刎之後，有這樣一段描寫柳湘蓮舉動的文字：

（柳湘蓮）出門無所之，昏昏默默，自想方才之事：原來尤三姐這樣標緻，又這等剛烈，自悔不及。正走之間，只見薛蟠的小廝尋他家去，那湘蓮只管出神。那小廝帶他到新房之中，十分齊整……湘蓮驚覺，竟似夢非夢，睜眼看時，那裏有薛家小童，也非新室，竟是一座破廟，旁邊坐著一個跏腿道士捕虱。湘蓮便起身稽首相問："此系何方？仙師仙名法號？"道士笑道："連我也不知道此系何方，我系何人，不過暫來歇足而已。"柳湘蓮聽了，不覺冷然如寒冰侵骨，掣出那股雄劍，將萬根煩惱絲一揮而盡，便隨那道士，不知往那裏去了。

這段寫得非常有意思。柳湘蓮親眼所見尤三姐的剛烈，并且目睹了她揮劍自刎，尤三姐的舉動震撼了柳湘蓮的内心世界。當這一切發生之後，柳湘蓮的腦海里全是空的，什麼清高自持全都沒有了，任何念頭也都沒有了。讀到這裏，忽然覺得尤三姐的這把劍就像是禪堂的板戒。禪堂的板戒是用來打人的，就是通過板戒的敲打來粉碎你的妄想。戒板打下的那一刻，大德會問你一句"念佛爲誰"，當下的念頭都會消滅得無影無踪。

尤三姐拿著鴛鴦劍自刎，瞬間讓柳湘蓮所有的念頭全無，所以他出門無所之，昏昏默默，然後自認爲是到了薛蟠之家，實質是在做夢，是真實幻空歷遍。柳湘蓮明白這一切，也正是告訴我們"惆悵舊歡如夢，覺來無處追尋"的道理。

也正是因爲這份情，尤三姐明白了所希望處求不能得、多役功力不得果報是求不得苦，所以揮劍自刎。這對尤三姐而言是一種寂滅，同時也讓柳湘蓮明白心中無所執，無所不執，無欲無求，亦不求無欲無求，所以柳湘蓮掣出那股雄劍，將萬根煩惱絲一揮而盡，可謂是情機轉得情天破。

平兒,"願將佛手雙垂下,摩得人心一樣平"

在《紅樓夢》這本書中,我們能從平兒這個角色看到自己或身邊人的影子。平兒是王熙鳳的陪房丫頭、賈璉的通房,說白了就是一個夾雜在衆人中間、不上不下的高級僕人罷了。平兒在維繫王熙鳳和賈璉二人之間的平衡時,讓我們看出了一個處於不上不下生活層面的人的無奈和痛苦。

其實在現實生活中我們也是這樣,絕大多數人在自己的生活圈子裏,都處在不上不下的位置。這種狀態是最普遍的,被社會兩極邊緣化,所以曹雪芹筆下的平兒,很容易讓讀者產生共鳴。

作爲一個夾縫中求生存的角色,平兒和別的下人有很大的區別。平兒的過人之處就在於她本人極具大家氣質,雖然是下人,但是眼光獨到,和不同身份的主子們共事,總能遊刃有餘。

雖然是王熙鳳的陪房丫頭,但是平兒的外貌和行止,絲毫不遜於王熙鳳。劉姥姥第一次進榮國府誤認爲平兒是王熙鳳,我們由此就能看出平兒不同常人的大家氣質。然而,有了這個大家氣質的外表,平兒還能是王熙鳳的心腹,能得到眼裏容不下沙子的王熙鳳的信賴,確實是一件不容易的事情。

我佩服平兒,最主要的原因是平兒的爲人。尤二姐被王熙鳳騙到大觀園後，在院內遭受折磨，面對衆人對尤二姐的惡言惡語，旁人躲之唯恐不及，平兒却背著王熙鳳，私下接濟尤二姐，還拿話來寬慰尤二姐。平兒這樣一個大好人，在這個院子裏確實難見，更何況是在王熙鳳手下做事的人中。

王熙鳳手下有平兒這個人，確實是王熙鳳難得的福氣。作爲主子的王熙鳳，做事不會留任何退路，但是平兒做事不會這樣，她會留三分退路。比如在"敏探春興利除宿弊，賢寶釵小惠全大體"一回中，王熙鳳因身體不好，不能料理園中的事物，暫由李紈、探春、寶釵來料理，因諸多事物的開銷問題，衆人問一項，平兒答一項，并且還能委婉表達出鳳姐凡事都能想到，只是另有原因不能辦，替生病中的鳳姐周旋。可見，平兒的心境真如同她的名字一般。

眼裏容不下沙子的鳳姐鏟除了身邊不少厲害之人，如尤二姐、秋桐等都是王熙鳳不費吹灰之力，便料理了的心中的障礙。王熙鳳雖然在心裏對平兒頗爲忌憚，但還是能重用平兒。在"變生不測鳳姐潑醋"中，平兒受盡了百般委屈，最終還是能擺平心態，處理好和主子之間的關係。

（王熙鳳）說著，便揚手一掌打在臉上，打的那小丫頭子一栽。這邊臉上又一下，登時小丫頭子兩腮紫脹起來。平兒忙勸："奶奶仔細手疼。"鳳姐便說："你再打著問他跑什麼。他再不說，把嘴撕爛了他的。"

第四十四回寫王熙鳳生日那天，自己的老公賈璉在家裏偷情。有時候，我總會笑著說《紅樓夢》是一本"見山不是山，見水不是水"的書，這一章節雖然在寫夫妻之間的一些事情，其實也是在寫不同生命狀態的不同遭遇。

王熙鳳慶生，席面上的酒喝得有點過頭，便回去補妝，不料路上遇到鬼鬼祟祟的下人，引起了王熙鳳的懷疑，王熙鳳有些上火了，便出手大打下人。

平兒是個善良的人，見到下人這樣被打，肯定要替下人求情。但是平兒非常瞭解王熙鳳的為人，如果此時替下人求情，不免讓主子覺得不是和她一邊的，所以平兒很懂得表達"奶奶仔細手疼"，表面上是在為主子著想，實則是在為下人周旋。這就是平兒的厲害之處，如果此時平兒說"奶奶求求你不要打她了"，依王熙鳳的脾氣，越勸越打得起勁。在這裏，曹雪芹講的不是王熙鳳婚姻的遭遇，而是語言的圓融與智慧，平兒難能可貴的地方就是她能把自己的位置擺得很低，任何時候都能把心中的那口氣平坦地舒緩掉，這是常人做不到的。最好的對比就是晴雯。

襲人笑道："二奶奶素日待你好，這不過是一時氣急了。"平兒道："二奶奶倒沒說的，只是那個淫婦治的我，他又偏拿我湊趣兒，況還有我們那糊塗爺倒打我。"說著，便又委屈，禁不住落淚。

讀到這裏，你會為挨打後的平兒感到不可思議，她為人的心量是何等之大，王熙鳳和賈璉打他，夾雜在中間的她在衆人的勸說和安慰之下，還能站在王熙鳳的角度，爲王熙鳳說話，並解釋二奶奶倒是沒話可說，只是那個偷情的淫婦挑撥糊塗的二爺鬧事！

相比平兒，我常常自愧，每次贊嘆平兒的爲人處世，我都會想起一副佛教的對聯："願將佛手雙垂下，摩得人心一樣平。"在生命的智慧中，我認爲平兒爲人處世的心態或許就是對這副對聯的最好注解。"不是息心除妄想，只緣無事可思量。"在《紅樓夢》中，我們看到很多人都去爭，雖然每個人爭的事物不一樣，但是終究不能使自己的心安住，倘若做到了，合掌即是恭敬，放下便是菩提。

賈寶玉，一位擔當人間諸苦的菩薩

讀《紅樓夢》，我會找出很多自己的缺點，我會去對照自己，看看《紅樓夢》到底還能讓我看到自己多少本來面目。比如尤二姐、薛寶釵、賈璉、賈瑞、薛蟠，這些人在我眼裏看來都是菩薩的示現，是來度化我的心靈，是我的一面鏡子。然而，在我們的人生旅途當中，並不是所有的錯都會有老師給你指出來，我們每個人都有太多地方是不可說的，念念在修行，只有我們能夠看清自己，那才是關鍵。

譬如"千江有水千江月"，外面的一切都是對自己的映照，接下來，這個映照我們的人就是賈寶玉。賈寶玉一次對平兒的舉動，猶如當頭棒喝，讓我瞬間心起恭敬。

平兒道："二奶奶倒沒說的，只是那個淫婦治的我，他又偏拿我湊趣兒，況還有我們那糊塗爺倒打我。"說著，便又委曲，禁不住落淚。寶玉忙勸道："好姐姐，別傷心，我替他兩個賠不是罷。"平兒笑道："與你什麼相干？"寶玉笑道："我們弟兄姊妹都一樣，他們得罪了人，我替他賠個不是，也是應該的。"

《紅樓夢》第四十四回雖然在寫鳳姐醉酒得知丈夫偷情氣打平兒，實質是在寫這一出鬧劇之外的人生戲碼，此處我看到了寶玉的厲害之處。寶玉最了不起的地方就是身邊所有人不如意的時候，寶玉都會道歉，林妹妹如此，平兒也是如此。明明是鳳姐打了平兒，寶玉却放下少爺的身份，替鳳姐向下人平兒道歉。寶玉這般舉動真的不可思議，一個十幾歲的男孩，竟然能有如此胸懷，我瞬間覺得寶玉像是一位菩薩，一位大慈大悲的菩薩，他能擔當所有的苦難和艱辛。

每當讀到寶玉替王熙鳳道歉的話，我都會想起惜春這個人，在抄檢大觀園的時候，惜春和尤氏的對話，讓我記憶深刻。

惜春冷笑道："你這話問著我倒好。我一個姑娘家，只有躲是非的，我反去尋是非，成個什麼人了！還有一句話，我不怕你惱：好歹自有公論，又何必去問人。古人說得好，'善惡生死，父子不能有所勖助'，何況你我二人之間。我只知道保得住我就夠了，不管你們。從此以後，你們有事，別累我。"

同樣是面對問題，不同的人有不同的狀態。惜春的原則是"只有躲是非的，我反去尋是非，成個什麼人了"。對比寶玉，這兩種不同的體悟，有著天壤之別。我說寶玉是一位擔當人間諸苦的菩薩，一點都不夸大。現在我們就坐下來，仔細想想自己遇到問題的時候，何時有過擔當？估計絕大多數時候都是推卸責任，哪還會把責任往自己身上攬？但是寶玉就不是這樣，不但放下身段給平兒道歉，還寬慰說："我們弟兄姊妹都一樣，他們得罪了人，我替他賠個不是，也是應該的。"

　　寶玉是博愛的。在寶玉心中，有一顆非常人所能理解的忍辱之心。廣欽老和尚曾說："忍辱是修行之本，戒中也以忍辱爲第一道，忍辱是最大福德之處，能行忍的人，福報最大，也增加定力且消業障、開啓智慧。"從寶玉的話中，我們似乎聽到了大願之人所說的"事來則應事去靜，心如明鏡不留影，衆生之苦是我苦，衆生得樂是我樂"。一般修行人應該具有大悲心，將一切衆生看作自己一樣，寶玉做到了，所以他說"我們弟兄姊妹都一樣，他們得罪了人，我替他賠個不是，也是應該的"。這是一般人做不到的。

賈赦，貪得無厭不得安

　　賈赦是賈母的長子、賈寶玉父親的哥哥，但是賈赦這一個角色，大家都對他沒有好感。無知昏聵、不務正業、量小識短等，成了賈赦的代名詞。賈赦爲何這般令人討厭，歸結起來主要是源於他的貪婪。

鴛鴦的爲人大家都很贊賞，她在大衆心目中留下最深的印象就是賈赦想納她爲妾，她以死拒絕的擧動，這讓大家對她刮目相看。諸多人評價賈赦好色，我並不反對，但是納鴛鴦爲妾之事，我認爲賈赦並非只是因爲好色，更多是源於他的貪婪。

貪心一起，諸惡相擁。貪的定義有很多種，佛教經典《俱舍論》依貪著對象區別，將貪分爲顯色貪、形色貪、妙觸貪、供奉貪四種。我們來看看賈赦強娶鴛鴦，並拿鴛鴦的家人和姑娘家的未來恐嚇她，究竟是爲何。

衆人看時，幸而他（鴛鴦）的頭髮極多，鉸的不透，連忙替他挽上。賈母聽了，氣的渾身亂顫，口內只說："我通共剩了這麼一個可靠的人，他們還要來算計！"因見王夫人在傍，便向王夫人道："你們原來都是哄我的！外頭孝敬，暗地裏盤算我。有好東西也來要，有好人也要，剩了這麼個毛丫頭，見我待他好了，你們自然氣不過，弄開了他，好擺弄我！"

鴛鴦聽賈赦放話"這一輩子也跳不出他的手心去，終久要報仇"，已是心灰意冷，但鐵了心誓死不從，最後到賈母處來自保。賈母得知一切事情的來龍去脈之後，氣急敗壞地説了句："我通共剩了這麼一個可靠的人，他們還要來算計！"賈母用了一個很嚴重的詞——"算計"。不僅如此，賈母還當著王夫人的面説"外頭孝敬，暗地裏盤算我""弄開了他，好擺弄我"，賈母這話折射出了家族的複雜鬥爭。

賈赦作爲賈母的長子，却因爲自己的無能，在整個家族的財政地位不高。賈母年事已高，賈赦也非常著急。關於家族遺產的分割權，賈赦和邢夫人一直很看重，又擔心賈政和王夫人獨大，所以賈赦對外勾結賈雨村來窩裏鬥。賈赦也是聰明的，他認爲能知道賈母的財務多少的也只有鴛鴦了，因此想通過對鴛鴦的收買，來瞭解賈母的財務狀況。其實賈母是個聰明人，她知道賈政和賈赦兄弟之間的矛盾，所以在百般氣惱的時候，對王夫人説了那樣的一席話。可見，在那樣將複雜的大家族，血緣的親情最終敵不過金錢的誘惑，這一點從賈母往生後，邢夫人暗地操作賈母的財產就可看出。這裏，又揭示出《好了歌》中"痴心父母古來多，孝順兒孫誰見了"一句的主旨。

賈赦的目的没有達成，自然痛恨鴛鴦，鴛鴦也因此把自己在賈家的後路堵死了。賈赦説"果有此心，叫他早早歇了心，我要他不來，此後誰還敢收"的話，其實另一層意思就是你鴛鴦敢斷我爭奪家族財產的路，我就斷你鴛鴦的後路，賈赦的貪婪之心實在是够狠的。

所以在賈母往生之後，鴛鴦便懸樑自盡，而這一切都是因爲鴛鴦卷入了家族的財政爭奪的風波之中，到最後無法抽身。

貪心的賈赦逼婚鴛鴦，並非是真好色，家族的財產分割才是他的第一個目標。財色財色，先財後色，賈赦想一箭雙鵰。

其實賈赦的貪婪已經達到了勞民傷財的地步。《好了歌解注》中一句"昨憐破襖寒,今嫌紫蟒長",寫出了世人貪得無厭的現象,接下來講的是賈赦因爲貪婪,心起妄念而造下的惡業。

"誰知雨村那沒天理的聽見了,便設了個法子,訛他拖欠了官銀,拿他到衙門裏去,說所欠官銀,變賣家產賠補,把這扇子抄了來,作了官價送了來。那石呆子如今不知是死是活。老爺拿著扇子問著二爺說:'人家怎麼弄了來?'二爺只說了一句:'爲這點子小事,弄得人坑家敗業,也不算什麼能爲!'"

賈赦看上了窮人石呆子家中的古玩扇子,便想方設法將其占爲己有,無奈這個石呆子死活不賣。心起貪念,心魔就會出來,也正是因爲賈赦的貪念生起,賈雨村才有獻殷勤的機會,然後就動用官權,置百姓死活於不顧地去魚肉百姓。賈雨村就是賈赦貪念之後的心魔,他的出現特別有讖語的象徵意義。

我小時候經常聽奶奶講一個故事。一個小孩,第一次在外面偷了一根針回來,沒想到母親夸孩子了不起。也正是因爲母親的夸贊,這個小孩一次比一次偷得厲害,直到最後進了監獄。在判刑之前,犯人要求見一下母親,沒想到見到母親的那一瞬間,這個犯人撲到母親身上,生生把母親的耳朵給咬掉了,最後還對母親說:"我今天的一切,都是你造成的!"

再看看《紅樓夢》,這個故事特別有對比意義。賈赦貪得無厭，對人家的死活全然不顧，一門心思地把玩扇子。兒子賈璉看不慣父親的作爲，說了一句"爲這點子小事，弄得人坑家敗業，也不算什麼能爲"，沒想到遭到父親混打一頓，臉上打破了兩處，這是多麼可笑的一件事情。

貪念一起，私心立現，《大乘義章》卷五說："於外五欲染愛名貪。"五欲執著並產生染愛之心，就成爲貪。類似賈赦因扇子而起貪心，導致當事人喪命的故事，還有不少。

王羲之的《蘭亭序》我相信大家都聽說過。當年唐太宗爲了得到《蘭亭序》，也是想盡了一切辦法。後來唐太宗打聽到辯才和尚那裏有王羲之《蘭亭序》的真迹，曾三次派人索要，辯才和尚就是咬定說沒有。唐太宗見明要不行，便派官員蕭翼假扮書生，與辯才和尚接近。蕭翼本身對書法有一定的研究，便經常和辯才和尚談論書法的心得，因此和辯才和尚關係走得密切。一次，蕭翼故意拿出假的王羲之書法讓辯才和尚鑒賞，不料辯才和尚張口就說雖是真的，但不是王羲之最好的作品，於是拿出《蘭亭序》真迹。最後唐太宗通過蕭翼把《蘭亭序》騙到手，辯才和尚失去了《蘭亭序》的真迹，無比傷心，不久便去世了。

貪心，本來就是無形的毒藥，殺人於無形之中。

誰是前世埋你的那個人

"人生若只如初見"，這是一句非常唯美的話，在《紅樓夢》中也有一句類似的話，那便是"好生奇怪，倒象在那裏見過一般，何等眼熟到如此"。這是林黛玉初次見賈寶玉時的感慨。《紅樓夢》賦予了一種人我之間的美，那便是緣分。

古人曾有"當爲情死，不當爲情怨"之說，但是痴情這個東西，惆悵舊歡如夢，覺來無處追尋。《金剛經》中有一句話："如來説諸心，皆爲非心，是名爲心。"這裏的"諸心"是指我們一切心理活動產生的種種現象，其實都是虛象，從佛教的角度來講，只要有心，都不是真心，要學會應無所住。然而一路走來，寶玉的心不斷地在印証，漸漸地由"有情"升華到"慈悲有情"。

生老病死是人生的無常，但是在曹雪芹筆下的"病"字，是多麽富有覺悟。

黛玉却也不理會，自己走進房來。看見寶玉在那裏坐著，也不起來讓坐，只瞅著嘻嘻的傻笑。黛玉自己坐下，却也瞅著寶玉笑。兩個人也不問好，也不説話，也無推讓，只管對著臉傻笑起來。襲人看見這番光景，心裏大不得主意，只是沒法兒。忽然聽著黛玉説道："寶玉，你爲什麽病了？"寶玉笑道："我爲林姑娘病了。"襲人紫鵑兩個嚇得面目改色，連忙用言語來岔。

《中阿含經》卷五九《愛生經》云："若愛生時，便生愁戚啼哭、憂苦煩惋、懊惱。"確實如此，林妹妹的哭鬧讓賈寶玉如百爪撓心，而紫鵑一句騙賈寶玉的話，讓賈寶玉生了一場大病，可見愛是多麼的有攝受力，所以賈寶玉會說"我爲林姑娘病了"。

前段時間，我看到一篇文章《誰是前世埋你的那個人》。故事講一位書生與心愛的人結婚當天，不料心愛的人却去和別人結婚了。這位書生百般傷心，悲痛之情一發而不可收。一位僧人知道之後，就打開幻境給他看。幻境中茫茫大海邊有一位溺水而亡的女子，第一個男子毫無反應地從女子身邊走過；第二個男子來到女子身邊，一臉悲傷地搖了搖頭，脫下衣服蓋在女子的身上；第三位男子來到女子身邊，然後在岸邊挖了一個坑，把女子埋葬在了那裏。僧人說："你的前世就是那第二位男子，因爲前世你給她蓋過衣服，今生她來報你的恩情；而你心愛之人現在的丈夫，就是那個前世埋葬她的第三個男子，那個才是對她有恩情的人。"這位書生知道前因後果後便豁然開朗，當下頓悟。

這是一個非常唯美的故事，那個前世埋葬你的人，才是你今生有恩情的人。對於賈寶玉而言，"我爲林姑娘病了"；對於林黛玉而言，前世今生的因果循環便是"他是甘露之惠，我並無此水可還；他既下世爲人，我也去下世爲人，但把我一生所有的眼淚還他，也償還得過他了"。

《維摩經僧肇注》說，"有所愛必有所憎"。賈寶玉正是因爲太過於痴愛,所以在分離聚合、一切不如人意、愛別離之後漸漸頓悟。

人情濃厚道情微,道用人情世豈知?空有人情無道情,人情能有幾多時?世人只知道人情,不了解道情。人情濃厚,道情反而淡薄。如果空有人情而沒有道情,是無法長遠的,畢竟人情依賴於道情。只有得道的人才有慈悲之情,慈悲有情才是一切人情的根基。

賈寶玉、林黛玉,乃至柳湘蓮和惜春,都是在有情的過程中漸漸體悟的。賈寶玉爲林妹妹病了,到最後又因爲慈悲有情走上了空門,這便是無緣大慈,同體大悲了。